알리바바와 수수께끼의 비적단

알리바바와 수수께끼의 비적단

III

박애진

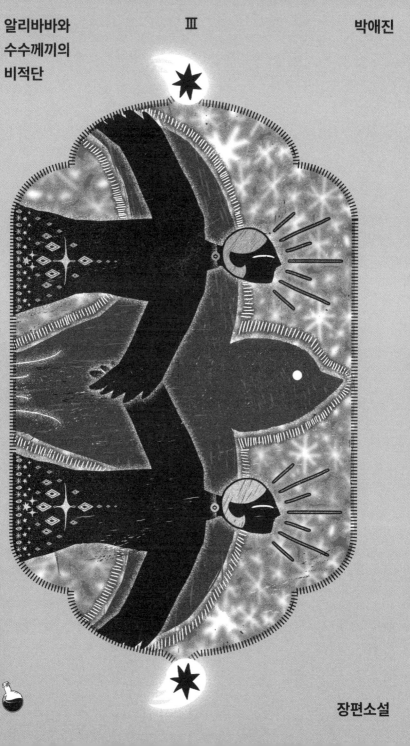

장편소설

차례

1부

붉은 글라이더 한 무리가 시리도록 푸른 하늘에 뜬 뭉게구름을 흐트러뜨리며 가로질렀다. 붉은 글라이더는 금속으로 만든 이중 날개에 날씬한 꼬리가 달려 있었다. 꼬리 끝에 달린 부채꼴 지느러미가 글라이더에 추진력을 더했다.

붉은 글라이더 무리의 지휘관이 글라이더에서 목을 길게 빼고 아래를 확인했다. 그의 글라이더를 비롯한 백여 기의 붉은 글라이더가 거대한 비행선을 호위하고 있었다. 흡사 벌집을 보호하며 이동하는 벌 떼 같은 위용이었다. 성처럼 웅장한 크기의 비행선에는 긴 막대가 꽂힌 십수 개의 거대한 공기주머니가 달려 있었다. 꽃봉오리들이 날카로운 가시를 물고 있는 듯한 형태였다.

"음?"

다시 전방으로 고개를 돌린 지휘관의 눈에 저 멀리 마

디를 겹겹이 겹쳐 만든 푸르고 길쭉한 글라이더가 잡혔다. 보통 글라이더들이 직선적인 움직임을 하는 데 반해 푸른 글라이더는 마디마다 달린 날개를 이용해 부산스럽게 방향을 바꾸며 허공을 휘저었다.

지휘관은 반사경을 들어 글라이더 조종사들에게 명령했다.

「격추하라.」

지시를 받은 붉은 글라이더 조종사 중 한 명이 역시 반사경으로 답신을 보냈다.

「민간 글라이더 같은데요?」

「우린 우르크 제국의 왕자를 바탄까지 무사히 호위해야 한다. 저 글라이더는 민간인을 가장해서 왕자를 노리는 비적(飛賊)들의 정찰병일 수도 있어. 격추하라.」

「알겠습니다.」

붉은 글라이더 세 기가 푸른 글라이더를 향해 날아갔다.

"아니면 말고."

멀어지는 붉은 글라이더의 꽁무니를 보며 지휘관이 무심히 중얼거렸다.

곧이어 지휘관과 붉은 글라이더들 앞에 누군가 우악스럽게 반으로 잡아 뜯은 케이크처럼 마주 본 거친 단면의 산 두 개가 나타났다. 원래는 하나의 산이었는데, 오래전 까마득한 높이의 산마저 뜯어놓는 자연의 힘 앞에 나뉘었다고 전해졌다. 합쳐서는 투락산이라 불렸고, 오른쪽은 우투락, 왼쪽은 좌투락이라 했다. 비행선이 하강을 시작했다. 투락산 상공은 기류가 불안정해서, 비행선은 보통 절벽 사이를 지났다.

　푸른 글라이더의 조종석에는 알리바바가, 뒷좌석에는 친구 잠보가 타고 있었다.
　"죽인다! 2인승 글라이더라니, 역시 넌 대단해!"
　잠보가 소리쳤다. 맞바람이 알리바바의 머리카락을 날려 시원시원한 이마가 펼쳐졌다. 알리바바는 까무잡잡한 피부와 대조적으로 희게 빛나는 이를 한가득 드러내며 의기양양하게 웃었다. 올해 열일곱 살이었지만 개미집 하나만 발견해도 온종일 정신 못 차리고 노는 일곱 살 아이처럼 마냥 해맑았다.
　"이 글라이더의 장점은 그게 다가 아니라는 말씀. 보통 글라이더는 빠르게 각도를 틀기 힘들지만 이 글라이더는 속도를 유지하면서 회전이 가능하다 이거야."
　"그만큼 조종법이 까다롭잖아. 너니까 조종하지. 난 조종간을 잡을 엄두도 안 나."
　그 말에 알리바바는 과시라도 하듯 조종간을 확 틀었다. 글라이더의 관절이 휘어지며 먼 나라의 사자놀이처럼 현란하게 춤을 추었다.
　"와아앗! 알리바바, 살살 해! 오늘이 첫 비행이잖아, 어디 문제라도 생기면 어쩌려고 이래?"
　"이 알리바바께서 만든 글라이더에 문제가 생길 리가 없잖……!"

말이 끝나기도 전에 커다란 충격이 전해지며 글라이더가 정신없이 흔들렸다.

"으악! 안 돼! 난 아직 열일곱 살이야! 장가도 못 갔어, 죽기엔 아직 어리다고!"

공황에 빠진 잠보가 고함을 질러댔다. 알리바바는 조종석 밖으로 상체를 틀어 몸체를 살폈다. 오른쪽 날개 서너 개가 찢어져 있었다. 날개를 찢은 범인은 바로 알 수 있었다. 거대한 작살들이 연이어 그의 글라이더로 쇄도했다.

알리바바는 황급히 선체를 틀었다. 작살들은 종이 한 장 간격으로 알리바바의 글라이더를 스쳐 지나갔다. 칼바람이 알리바바의 뺨을 때렸다.

"뭐야, 비적인가? 아니, 털어도 먼지 한 톨 안 나올 글라이더를 누가 작살까지 낭비해 가며 공격해?"

잠보가 몸을 돌려 그들을 추격하는 글라이더를 확인했다.

"붉은 글라이더? ……우르크다! 그러고 보니 우르크의 왕자가 곧 방문한다고 했지? 하필 지금 오고 있나 봐! 그런데 왜 우릴 공격하지? 설마 비적이라고 오인한 건가?"

"우리가 어딜 봐서 비적이야? 고귀하신 왕자의 앞길에서 거치적거리지 말라는 거지."

알리바바가 현란한 조종술로 날아오는 작살들을 피하며 말을 던졌다.

"야 이놈들아! 이 글라이더에 누가 타고 계신 줄 알

아? 바탄의 대장군 카심 나리의 동생, 알리바바가 타고 있다고. 알고들 덤비란 말이야!"

잠보가 뒤를 향해 주먹을 휘두르며 악을 썼다.

➤

우투락산의 정상에서 한 사내가 하늘을 올려다보고 있었다. 우르크의 정찰 글라이더들이 지상에 그림자를 만들며 지나갔다. 서로 신호를 주고받는지 글라이더에서 때때로 빛이 점멸했다.

"우릴 발견하지 못한 모양입니다."

사내의 옆에 서 있던 남자가 입을 열었다. 그들의 뒤에는 병사 100여 명이 떨기나무 더미를 등에 인 채 몸을 감추고 있었다.

"어?"

그때 남자의 눈에 먼 곳에서 급박하게 번쩍이는 빛이 잡혔다. 구조 신호였다. 그는 단안 망원경을 꺼내 길게 뽑아 신호가 오는 곳을 확인했다. 우르크의 글라이더 세 대가 자기 영역에 침범한 참새를 쫓아내는 까치들처럼 푸른 글라이더 한 대를 내몰고 있었다. 남자는 푸른 글라이더의 조종석에 망원경의 초점을 맞췄다. 양손으로 조종간을 단단히 쥔 채 이를 악문 조종사는 그가 익히 아는 얼굴이었다.

"알리바바? 대장군, 저 글라이더에 대장군의 동생이

타고 있습니다! 구조 신호를 보내는데요?"

남자가 사색이 되어 말했다.

"저 멍청한 놈이……."

대장군이라고 불린 사내, 카심의 눈이 노여움으로 일렁였다. 카심의 부관인 오마르가 반사경을 꺼내자 카심이 손으로 쳐서 막았다. 반사경이 땅으로 떨어지며 박살 났다.

"무슨 짓이냐?"

"우르크 글라이더에 아군이니 공격을 멈추라는 신호를 보내야죠."

"쓸데없는 짓 하지 마!"

"하, 하지만 대장군의 동생……."

오마르의 목소리는 바람 빠진 풍선처럼 차츰 쪼그라들다 끝을 맺지 못하고 사그라들었다.

먼 곳에서 보자니 하루살이들의 싸움처럼 보이는 알리바바와 우르크 글라이더들의 추격전에서 시선을 돌린 카심은 원래대로 우르크의 행렬을 응시했다. 친동생이 공격받는데도 개의치 않는 카심의 모습에 오마르는 기가 질렸다.

임무 앞에서는 친동생의 생사조차 관심을 두지 않아야 젊은 나이에 대장군까지 오르는 건가?

오마르는 속으로 고개를 절레절레 흔들었다. 그는 올해 서른다섯 살인데 여섯 살 어린 대장군을 섬기고 있었다.

카심은 스물아홉 살에 바탄의 대장군이 되었다. 가문이랄 것도 없는 하층민 출신임을 감안하면 놀라운 속도로 출세 가도를 달린 셈이었다.

알리바바와 카심은 친형제인데도 닮은 구석이 없었다. 카심은 실제 나이보다 열 살은 더 늙어 보였는데, 그건 그의 발달한 하관을 덮은 무성한 수염과 매부리코, 작지만 형형하게 빛나는 눈과 나이답지 않게 진중하고 엄격한 분위기에서 기인했다.

차츰 가까워져 오는 우르크의 비행선에서 유독 눈길을 끄는 부분이 있었다. 오마르가 뒤에 선 병사들에게 신호하자 그들이 대포같이 크고 길쭉한 망원경을 가져왔다. 오마르는 망원경으로 비행선에서 유독 번쩍이는 부분을 확인했다.

"헉!"

그의 입에서 저절로 감탄사가 터져 나왔다. 순금 칠을 한 창틀 가득 루비를 깎아 만든 포도송이가 주렁주렁 달려 있었다. 잎사귀와 덩굴은 은으로 구현했다. 태양 빛마저 움츠러들게 하는 호화로움이었다.

"저 안에 왕자가 있겠군요. 중무장한 호위 부대를 거느렸다고는 해도 여기까지 저렇게 과시하며 오다니, 우르크다, 이건가 봅니다."

"호위일지, 감시일지……"

카심이 혼잣말처럼 중얼거렸다.

"예?"

오마르가 어리둥절한 표정을 지었다.

➤

　우르크 비행선의 조종실에서는 호위 부대를 총지휘하는 장군, 코지아가 창밖을 내려다보고 있었다. 그는 약 30년 전에도 비행선을 타고 이 위를 날았었다. 지금은 잡목이 무성한 숲이지만 그때는 시완이라는 왕국의 도시였다. 대리석으로 다듬은 길이 모인 광장에는 왕조의 시작부터 함께한 분수가 물을 뿜었으며 아이들은 물방울이 만든 무지개 사이에서 뛰놀았다.

　잡목들 사이로 얼핏 한때 도시의 상징이었던 기둥의 잔해가 보였다. 바탄의 칼리프는 시완의 도시를 하나 남김없이 초토화시켰다. 그 뒤 그들의 목적지인 하누아만 재건설해서 바탄의 수도로 삼았고, 나머지는 방치했다.

　30년 전 시완의 칼리프는 사절로 온 그를 환대했었다. 온화한 인상의 칼리프와 왕비, 그들을 꼭 닮았던 젊은 아들의 모습이 물에 비친 얼굴처럼 희미하게 떠올랐다 사라졌다.

　지키지 못한 자가 약한 거지.

　그는 속으로 콧방귀를 뀌었다.

　코지아의 부관이 다가와 그의 옆에 섰다.

　"이 산만 지나면 하누아인데 호위가 보이지 않습니다. 요즘 하누아로 가는 길목에서 비적들이 날뛴다는데 말입니다. 바탄에서 우릴 이렇게 천대하다니, 도착하면 곧장 항의하겠습니다."

"바탄의 공주가 제법 도도하게 군다더군. 어떻든 비적은 걱정할 필요 없어. 어떤 간 큰 비적이 우릴 공격하겠느냐. 바탄으로 오는 상인들을 노리는 거야 바탄이 예전의 위명을 잃었기 때문이고. 우리가 데려온 병사들은 모두 우르크 제국의 정예병이야."

코지아가 서슬 푸르게 말했다.

"장군의 말씀이 맞습니다. 누가 겁도 없이 코지아 장군께 덤비겠습니까."

부관이 뒤늦게 아부하는 말을 쏟았으나 코지아는 군은 표정을 풀지 않았다.

지키지 못한 자가 약한 거라고 지난날 시완의 칼리프를 비웃은 말이 부메랑이 되어 마음속에 돌아왔다.

코지아는 올해 마흔아홉 살로, 그의 가문은 대대로 우르크 왕국에서 무관으로 봉사하며 많은 공을 세웠다. 몇 해 전 첫째 왕자와 둘째 왕자가 본격적으로 왕위 다툼을 벌이기 시작하자 그는 힘을 보태달라며 찾아올 왕자들을 느긋하게 기다렸다. 그런데 둘 다 아무 소식이 없었다. 한참이 지나서야 그는 왕자들이 다른 장군들로 이미 진영을 꾸렸음을 알게 되었다.

먼저 연락하지 않은 게 괘씸했으나 그는 젊은이에게 관용을 베푸는 심정으로 첫째 왕자를 방문했다. 응당 두 팔 벌려 환영할 줄 알았던 첫째 왕자는 외려 그가 얼마나 절대적인 충성을 맹세할지, 어떤 지원을 할 수 있을지 평가하려 들었다.

자존심이 상한 코지아는 둘째 왕자에게 갔다. 첩자를 통해 첫째 왕자를 먼저 만났다는 걸 안 둘째 왕자는 그를 냉대했다.

코지아는 분개했다. 그는 두 왕자가 걸음마를 시작할 무렵부터 전쟁터에 나가 우르크의 영토를 넓히는 데 일조했다. 결국에는 어느 왕자든 자기에게 도움을 청하게 되리라 굳게 믿었다. 그는 왕자들이 자기를 찾으면 내걸 조건을 궁리했다.

그러나 두 왕자는 끝내 그를 부르지 않았고, 그는 후계 싸움에서 열외로 밀려났다. 그러더니 애초에 왕위 경쟁에 끼지도 못한 막내 왕자가 바탄에 가는 길을 호위하라는, 한창때의 그라면 상상도 할 수 없는 변방의 임무가 떨어졌다.

순금 방 안에는 금과 은으로 무늬를 낸 사각 침대가 있었다. 기둥은 다이아몬드와 사파이어로 장식했고, 금란 커튼이 살랑거렸다. 오던 잠도 달아날 것 같은 현란한 침대 안에서 우르크의 왕자, 마무드가 누워 노예들의 부채 바람을 맞고 있었다. 긴 여행으로 인해 비록 안색은 창백했으나 그는 누구라도 시선을 떼지 못할 놀라운 미남자였다. 고운 피부는 비단보다 매혹적이었고 속눈썹은 낙타처럼 길고 풍성했으며 어깨와 허리선은 사슴이 무색할 정도로 우아했다.

"아직 멀었느냐."

마무드가 하프처럼 낭랑하나 기운 없는 목소리로 물었다.

"이 산만 지나면 하누아로 들어가는 대로가 나온다고 합니다. 피곤하시면 약을 올릴까요?"

부채를 부치던 노예 중 한 명이 말했다.

"아니, 되었다."

마무드는 반사적으로 몸을 움츠렸다. 그가 긴 여정에 지쳐 힘들다고 하소연할 때마다 코지아는 그에게 수면제를 먹였다. 마무드는 우르크에서 바탄까지 오는 여정의 반 이상을 잠으로 보냈다. 더는 억지로 잠들고 싶지 않았다.

"드시는 게 나을 텐데요. 하누아에는 오늘 밤에나 도착할 터라……."

"되었다지 않느냐!"

노예들이 약을 먹일지 말지 의논하는 눈빛을 주고받았다. 마무드가 애써 낸 큰소리는 노예들에게조차 먹히지 않았다.

"정말 괜찮다."

명색이 왕자인데 마무드는 노예에게 애원하듯 말했다.

"힘드시면 언제든지 말씀하십시오."

노예가 선심 쓰듯 한발 물러섰다.

➤

잠보는 필사적으로 사방에 구조 신호를 보냈으나 어

디에서도 답이 돌아오지 않았다.

"네 형이 우르크의 행렬을 마중 나오지 않았을까?"

"형은 비적이 나타날 때를 대비해서 매복하고 있을 테니 다른 곳을 살필 여유가 없을 거야."

알리바바가 날아오는 작살을 피하느라 지그재그로 선회하며 대구했다. 잠보는 우르크의 글라이더에 반사경을 비췄다.

"바탄 대장군의 동생이 타고 있다고, 이놈들아!"

"잠보!"

알리바바의 목소리가 날카롭게 울렸다.

"어?"

"장차 부마가 되실 대장군의 동생이라고 해야지."

"아, 그렇지."

잠보가 낄낄 웃었다. 그가 재차 신호를 보내려는 차에 미꾸라지처럼 빠져나가는 알리바바로 인해 약이 바짝 오른 우르크의 글라이더가 폭발형 작살을 날렸다.

"폭발형 작살이야!"

심상치 않은 파공음에 뒤를 돌아본 잠보가 비명을 질렀다.

알리바바는 서둘러 진로를 바꾸었지만, 폭발형 작살은 어부가 물고기의 지느러미를 잘라내듯 오른쪽 날개를 죽 뜯어내며 바닥에 박혀 폭발했다. 균형을 잃은 알리바바의 글라이더가 비틀거리며 추락했다.

"꽉 잡아!"

"으악, 내 반사경!"

잠보가 그만 반사경을 놓치고 말았다. 반사경은 구름 아래로 사라졌다.

알리바바는 산속으로 글라이더를 몰았다. 한쪽 날개를 잃고 옆으로 누워서 비행하느라, 세상이 90도로 휘어져 보였다. 구불구불한 관절이 바위틈을 헤엄치는 송사리처럼 나무 사이로 파고들었다. 충격으로 몸이 덜덜 떨렸지만 한시도 멈출 수 없었다.

"젠장."

폭발형 작살까지 쓰고도 푸른 글라이더를 놓친 조종사가 분을 이기지 못하고 산 위를 선회했다.

「이만 돌아가지. 어차피 민간인 같아.」

옆 글라이더에서 신호를 보냈다.

「본진에서 지나치게 멀리 왔어.」

다른 글라이더에서도 반사경을 번쩍이며 귀환을 독촉했다.

"쥐새끼 같은 놈."

폭발형 작살을 쓴 글라이더 조종사가 욕설을 내뱉고는 기수를 돌렸다.

알리바바의 글라이더는 껑충 솟아오른 두 전나무 사이에 늘어진 빨랫줄처럼 걸렸다. 잠보가 멀어지는 우르크의 글라이더들을 보며 길게 숨을 뱉었다.

"휴…… 간다."

"꼼짝없이 죽는 줄 알았네."

뒷머리를 마구 헤집은 알리바바가 글라이더에서 내려 두꺼운 나뭇가지로 몸을 날렸다.

"근데 너희 형, 진짜 부마가 되는 거야? 공주가 엄청난 미인이라며? 너도 봤어? 얼마나 예뻐?"

잠보가 알리바바에게 팔을 내밀며 질문을 쏟았다. 알리바바는 마주 손을 뻗어 잠보가 땅으로 내려오게 도왔다.

"모르지. 내 팔자에 공주 얼굴을 볼 일이 있겠냐?"

알리바바는 무심하게 어깨를 으쓱했다.

➤

좌투락산의 무성한 측백나무 아래에 검은 두건으로 얼굴을 가린 한 소년이 서 있었다. 체격으로 미루어 보아 10대 후반으로 보였다. 소년의 시선은 산과 산 사이로 들어서는 우르크의 웅장한 비행선, 그중에서도 빛나는 창문에 붙박여 있었다.

소년의 뒤에서 역시 두건으로 얼굴을 가린 사내 넷이 비행선을 보며 군침을 삼켰다. 첫 번째 사내는 텁석나룻으로 인해 두건의 턱 부분이 잡다한 물건을 담은 자루처럼 부풀어 있었다. 두 번째 사내는 눈썹이 하얗게 세어 50대 중반은 된 것 같았다. 세 번째 사내는 술통처럼 배가 부풀어 있었다. 네 번째는 개중 젊어 보였다. 네 사내가 자기들끼리 말을 주고받았다.

"저 창문 뒤에 바탄에 보내는 보물이 있을 거야."

"우르크에서 보내는 선물이니 어마어마하겠지?"

"저것만 훔쳐도 앞으로 3년은 풍족하게 살걸?"

"고…… 아, 아니, 두목."

흥에 겨운 셋과 달리 두목을 부르는 텁석부리의 어조에는 근심이 담겨 있었다. 소년이 텁석부리를 돌아보았다.

"카심의 위치를 모르는데 이대로 강행해도 될까요?"

"두목이 하는 일이 틀린 거 봤어?"

50대 사내가 텁석부리의 뒤통수를 내리쳤다.

"으억!"

텁석부리가 얼얼한 뒤통수를 문질렀다. 50대 사내가 말을 이었다.

"언제까지 이렇게 숨어 살 수는 없어. 우리도 당당하게 나설 때가 된 거야! 이번 작전만 성공하면 된다고!"

"맞아, 맞아!"

"두목만 믿습니다!"

다른 세 사내가 이구동성으로 외쳤다. 그리고 활을 겨누듯 텁석부리를 쏘아보았다.

"당연히 저도 두목을 믿지요. 문제는 카심입니다. 지금쯤 우리가 나타나길 기다리며 어딘가에 숨어 있을 거예요."

세 사내의 살벌한 눈빛들로 인해 텁석부리의 목이 자라처럼 움츠러들었다. 그래도 그는 하려던 말을 꿋꿋이 밀고 나갔다.

"필시 부하들과 용오름을 가지고 적당한 곳에서 매복 중이겠지."

두목이 입을 열었다. 아직 변성기도 오지 않은 듯한 맑은 미성이었다.

"하지만 카심은 나서지 않을 거야. 우리를 잡는 것보다 중요한 일이 있으니까. 설사 카심이 참전한다 해도…… 위험을 감수할 가치가 있어."

당차게 말하는 소년의 눈이 막막한 어둠 속에서 방향을 알려주는 길잡이별처럼 빛났다.

"두, 두목……!"

텁석부리의 눈에 눈물이 그렁그렁 고였다.

"믿습니다, 두목!"

"믿고말구요!"

"좋아, 다들 준비됐나?"

소년이 또랑또랑한 목소리로 물었다.

"네, 두목!"

"여부가 있겠습니까, 두목!"

다 큰 사내들이 어린 소년 앞에서 잘 훈련된 사냥개들처럼 한목소리로 대답했다.

"좋아, 가라!"

두목이 호기롭게 지시했다.

"갑니다!"

네 사내가 옆에 있는 관목을 치우자 반구형의 분홍색 글라이더가 나타났다. 글라이더에 오른 사내들이 조종간을 당겼다. 둥근 몸체에서 이쑤시개처럼 가는 다리가 나와 달리다 땅을 박차고 뛰어올랐다. 몸체에서 두 쌍의 날개가 펼쳐졌다.

"휘요호!"

"위히힛!"

"잇히!"

네 사내는 마치 즐거운 놀이라도 시작하듯 요란한 소리를 내며 창공을 질주했다. 외형은 단순한데 조종석 안은 꽤 복잡했다. 커다란 주 조종간 말고도 크고 작은 버튼과 자그마한 부조종간들이 전면에 가득했다. 네 사내는 복잡한 버튼은 무시한 채, 무릎과 발만으로 글라이더를 조종했다. 어린 두목은 멀어지는 네 글라이더를 주시했다.

➤

비행선을 호위하는 우르크의 붉은 글라이더들을 향해 위협적인 날갯짓 소리가 다가왔다. 조종사들은 소리가 나는 방향으로 고개를 돌렸다.

"뭐, 뭐야?"

지름 1미터, 높이 50센티미터의 분홍색 반구형 글라이더 수백 기가 날아오고 있었다. 모두 무인 글라이더였다. 우르크의 조종사들이 뭘 해볼 새도 없이 붉은 글라이더마다 분홍 글라이더 네다섯 기가 착지했다. 이어 앞면이 열리더니 강철 이빨이 나타나 우르크의 글라이더들을 씹어댔다. 마치 분홍색 무당벌레가 잠자리를 뜯어 먹는 모양새였다. 조종사들은 황급히 글라이더를 좌우로 흔들었으나 분홍 글라이더들은 갈고리 발톱을 박은 채 떨어지지 않았다. 분홍 글라이더들의 공격을 받은 우르크의 글라이더들이 줄 끊어진 연처럼 이리저리 흔들렸다.

"아, 아, 안 돼!"

우르크 글라이더 조종사가 의자 아래에서 화살총을 꺼내 쏘기 시작했다. 화살이 분홍 글라이더의 입에 박혔다. 그러자 뒷면이 열리더니 역시 강철 이빨이 드러났다. 이어 양옆도 열리며 아까보다 더 열성적으로 날개를 뜯어냈다. 애초에 반구형이라 앞뒤, 양옆이 없었다.

"죽어랏!"

우르크의 조종사가 화살총 방아쇠를 미친 듯이 당겼다. 몸체가 박살 났는데도 분홍 글라이더는 갈고리의 힘으로 기어이 붙어 있었다.

"제발 죽어!"

화살총이 분홍 글라이더의 다리에 명중했다. 분홍 글라이더가 떨어지며 날개도 뜯어졌다.

"아악!"

한쪽 날개를 잃은 우르크의 글라이더가 빙글빙글 돌며 아래로 추락했다.

"비적이다아아아!"

글라이더 조종사는 다급하게 반사경으로 비행선에 신호를 전했다. 이어 낙하산 가방을 메고 탈출 버튼을 눌렀다. 조종석이 위로 튀어 올랐다. 곳곳에서 분홍 글라이더들에 당한 우르크의 글라이더가 추락하고 낙하산이 대신하듯 솟아올랐다.

"와우후핫!"

떨어진 곳에서 그 모습을 지켜보던 네 사내가 환호성을 질렀다. 그들은 전면에 달린 복잡한 조종판으로 각기 수십 기의 무인 글라이더들을 조종하고 있었다. 분홍색이라서 그런지 이들의 글라이더는 살벌한 상황과 어울리지 않게 하늘에 뜬 양산처럼 보였다.

"장군!"

코지아의 부관이 하늘을 가리켰다. 거친 톱으로 잘라낸 것 같은 절벽의 하늘 위로 우르크의 글라이더들이 추락하는 모습이 잡혔다. 글라이더 한 대가 절벽 모퉁이를 들이받고 튕기더니 갈지자로 비행선을 향해 떨어졌다. 글라이더와 부딪친 바위와 나무들이 비행선 위로 쏟아졌다. 그 충격에 비행선이 요란하게 흔들렸다.

"으악!"

"피해라!"

비행선에 탄 사람들은 손으로 머리를 가린 채 도망치기 바빴다. 마구간에 있던 말들도 놀라 투레질을 하며 앞발을 치켜들었다.

"장군, 우르크의 행렬이 비적들에게 습격받고 있습니다!"

비적단과 우르크의 글라이더들이 벌이는 공중전을 보며 오마르가 출전을 독촉했다. 카심은 침묵했다.

"왕자가 다치기라도 하면 우르크에서 강력하게 항의

할 겁니다. 장군의 책임이 될 거예요."

그 말에도 카심은 요지부동이었다.

계곡의 양면을 오가던 우르크의 글라이더가 하필 왕자가 있는 방으로 추락했다. 그러다 절벽에서 튀어나온 바위에 걸렸다. 무게를 못 이긴 바위가 기울기 시작했다. 왕자의 노예들이 비명을 지르며 방에서 빠져나갔다.

"무, 무슨 일이냐?"

기겁한 마무드가 어린아이처럼 베개에 머리를 묻은 채 물었다. 돌아오는 대답은 없었다. 섬뜩한 침묵에 마무드가 느리게 고개를 들었다. 아무도 없었다. 19년 그의 인생에서 혼자 남겨진 건 처음이었다. 태어난 순간부터 그의 주변에는 지시를 기다리는 노예들이 가구처럼 포진해 있었다. 활짝 열린 문으로 비명과 혼돈이 파리 떼처럼 밀려 들어왔다. 평생토록 씻고 입고 먹는 소소한 일은 노예의 시중을 받고, 그 밖의 일은 두 형과 아버지인 칼리프의 지시대로 살아온 그는 스스로 창밖을 보며 상황을 파악할 줄도 몰랐다.

굉음이 울리며 두개골까지 진동하는 충격이 왔다. 바위에서 미끄러진 글라이더가 창문을 친 것이다. 왕자는 악몽을 꾼 아이처럼 비단 이불을 뒤집어쓰고 흐느꼈다.

바닷속을 유영하는 해파리처럼 사방팔방을 누비며 공격하는 분홍 글라이더에 우르크의 글라이더들은 속수무책이었다.

조종실에 있는 코지아의 눈동자가 모닥불처럼 일렁였다.

"'작열하는 분노'를 깨워라."

병사들이 격납고로 달려갔다. 코지아도 같은 곳으로 향했다. 먼저 도착한 병사들이 비단 덮개를 치웠다. 빛마저 빨아들일 것 같은 검은색의 유선형 글라이더가 유황 속에서 건져 온 드래곤의 알처럼 자리해 있었다. 절단면조차 보이지 않았는데 옆면이 문 크기로 내려가며 조종석이 모습을 드러냈다. 코지아가 조종석에 오르자 유선형의 몸체에서 독수리 발처럼 짧고 사나운 다리가 튀어나왔다. 다리는 용수철처럼 탄력 있게 뛰어올랐다. 절벽의 단면을 따라 달려 추진력을 얻은 코지아가 땅을 박찼다. 작열하는 분노가 허공으로 포탄처럼 솟구쳤다. 정점에 이른 순간 옆구리에서 핏빛 날개가 펼쳐졌다. 현장에 도착한 코지아의 총구에서 가시 돋친 작살이 발사되었다. 작살은 회전하며 분홍 글라이더 세 기를 꼬치처럼 꿴 뒤에 폭발했다. 두 번째 작살 또한 한 번에 네댓 기의 분홍 글라이더를 파괴했다.

"역시 코지아 장군이시다!"

글라이더 조종사들과 비행선에 남은 병사들이 환호성을 질렀다. 분홍 글라이더들이 폭발하는 모습이 불꽃놀이처럼 보여 흥겨움을 더했다.

우르크의 글라이더 지휘관은 분홍 글라이더들과 사투를 벌이고 있었다. 화살총의 화살이 바닥났다.

"빌어먹을!"

그가 막 화살을 재장전하려는데 코지아의 작살이 정면으로 날아오는 모습이 보였다.

"자, 장군!"

글라이더 지휘관은 한 손으로는 낙하산을 움켜잡고 다른 손으로는 탈출 버튼을 눌렀다. 의자는 미동도 하지 않았다.

"안 돼!"

작살이 분홍 글라이더와 지휘관의 글라이더를 동시에 꿰뚫기 직전, 의자가 공중으로 솟았다. 지휘관의 글라이더가 폭발했다. 지휘관은 허공으로 던져진 포환처럼 빙빙 돌며 날아가다 낙하했다. 낙하산이 펴지며 반동으로 몸이 거칠게 위로 떴으나, 이번에는 안정적으로 땅으로 내려갔다. 코지아의 작살들이 종횡무진하며 분홍 글라이더들을 파괴하고 있었다. 지휘관은 행여나 휩쓸릴까 봐 몸을 한껏 옹송그렸다.

"놈들이 도망간다!"

한 병사가 의기양양하게 소리쳤다. 그의 말대로 분홍 글라이더들이 꽁무니를 빼며 멀어져 갔다.

독수리를 본 병아리 떼처럼 도망치는 분홍 글라이더의 모습에 코지아의 입가에 잔혹한 웃음이 떠올랐다. 분홍 글라이더는 흩어지며 작살의 연속 공격을 피했다.

"하찮은 것들이."

코지아의 글라이더 전면에서 낫처럼 생긴 다리 두 개

가 튀어나왔다. 코지아는 그 다리로 도망가는 분홍 글라이더를 찍었다. 이어 다음 글라이더, 또 다음 글라이더를 찍어 박살 냈다. 접시에 놓인 음식을 포크로 찍는 것만큼이나 손쉬운 일이었다. 스스로가 몰락해 간다는 박탈감이 해소되었다. 그는 치솟는 아드레날린에 몸을 맡기며 분홍 글라이더들을 사냥했다.

"저건 또 뭐야?"

낙하산에 겨우겨우 매달려 있는 지휘관의 눈이 튀어나올 것처럼 커졌다.

지금까지 그들을 공격한 글라이더와 생김새는 똑같은데 크기는 두 배쯤 큰 글라이더 네 대가 날아왔다. 아까 글라이더들이 새끼라면 이들은 어미 같은 느낌이었다.

"사, 사, 살려줘!"

커다란 분홍 글라이더들이 날아오는 모습에 지휘관이 헛되이 몸부림쳤다. 그 꼴을 보고 텁석부리 비적이 "우하핫!" 큰 소리로 웃었다. 그의 하관을 덮은 복면이 바람을 맞은 덤불처럼 흔들렸다. 비적들은 바짝 얼어붙은 글라이더 지휘관을 지나쳐 비행선으로 향했다.

"보물이다! 놈들이 노리는 건 비행선에 있는 보물이었어. 코지아 장군!"

지휘관의 절규는 그의 주변에만 맴돌았다. 코지아는 이미 점처럼 멀어져 있었다.

무인 글라이더들이 코지아를 유인한 틈을 타서 네 비적이 비행선으로 접근했다.

"휘유후!"

"후잇 후잇!"

네 비적이 어깨를 덩실거렸다. 모든 게 작전대로 진행되고 있었다.

비행선의 조종사들은 어찌할 바를 몰랐다. 좁은 계곡을 지나는 중이라 대응하기가 마땅치 않았다.

"빌어먹을! 코지아 장군은 어디로 가신 거야?"

부관이 발을 동동 굴렀다.

그때 알리바바를 추격했던 우르크의 글라이더 세 기가 돌아왔다.

"우리 글라이더들은 다 어디로 갔지?"

"저놈들은 뭐야?"

"비적이다! 아군이 공격받고 있어!"

우르크의 글라이더들이 네 비적에게 작살을 쏘았다. 작살 하나가 텁석부리 비적의 글라이더에 명중했다.

"허익!"

텁석부리의 글라이더가 금방이라도 추락할 듯 위태롭게 흔들렸다. 그러나 그에게는 부여받은 임무가 있었다.

"두목을 실망시킬 수는 없어!"

텁석부리의 눈이 비장하게 빛났다. 그의 글라이더가 먹이를 노리는 매처럼 아래로 하강했다. 접혔던 다리가 나와 쪼개지려는 몸체를 붙들었다. 못과 톱니바퀴들이 금방이라도 빠질 듯 덜거덕거렸다.

"습격이다!"

"쏴라!"

비행선의 총구로 병사들이 텁석부리의 글라이더를 향해 화살총을 발포했다. 텁석부리의 반구형 글라이더에 현무암처럼 크고 작은 구멍이 생겼다.

"저, 저, 저 바보가! 네가 못 하면 내가 하면 되지!"

50대 비적이 상체를 밖으로 빼고 고함을 질렀다.

텁석부리는 공격에 굴하지 않고 비행선에 쇠줄이 달린 작살들을 발포했다. 왕자의 방과 보물 창고 벽에 작살들이 박혔다.

"밧줄을 끊어라!"

부관의 지시대로 병사들이 몸에 줄을 묶고 비행선 외벽을 타고 내려가 밧줄에 도끼질을 했다.

"악!"

첫 도끼를 내리친 자가 비명을 지르며 도끼를 놓쳤다. 쇠줄은 흠집도 나지 않았다.

"톱을 줘!"

위에 있는 병사들이 톱을 내려보냈다.

작살줄을 팽팽히 당기는 텁석부리의 글라이더가 곧 산산조각 날 듯 요동쳤다.

"저 멍청이!"

50대 비적도 같은 벽에 밧줄 작살을 쏴서 힘껏 당겼다. 그가 힘을 보태자 벽이 뜯어졌다. 환하게 드러난 보물과 마무드의 방으로 거센 바람이 불어닥쳤다. 바닥에 단단히 고정된 보물들은 제자리를 지켰으나 마무드가 피난

처처럼 뒤집어쓰고 있던 금란 이불은 휑하게 뚫린 벽으로 날아갔다.

"보물을 지켜라!"

부관의 명령에 따라 병사들이 보물이 있는 방으로 달려갔다.

뜯겨 나온 벽은 텁석부리의 글라이더에 대롱대롱 매달려 있었다. 망가진 기체가 견딜 무게가 아니라 텁석부리의 글라이더가 낙하하기 시작했다. 텁석부리는 벽을 버렸다. 그래도 글라이더는 다시 상승하지 못했다. 그의 시야에서 한 덩어리였던 숲이 개개의 나무들로 분리되었다.

"제발!"

텁석부리는 조종석의 아래 칸을 발로 찼다. 비상용 페달이 튀어나왔다. 그는 있는 힘껏 페달을 굴려 날개에 힘을 보탰다. 진짜로 폐가 터질 수도 있겠구나 싶은 순간 글라이더가 상승했다.

"죽어라!"

우르크의 글라이더가 그를 노리고 작살 버튼을 눌렀다. 버튼은 공허하게 딸깍거렸다.

"작살이 없어!"

우르크의 조종사가 욕설 같은 비명을 내질렀다. 아까 알리바바를 추격할 때 작살을 허비했던 것이다. 그 순간 그의 글라이더에 커다란 충격이 왔다. 50대 비적이 쏜 작살이었다.

"코지아 장군은 어디 계신 거야?"

우르크의 조종사는 탈출하며 신호탄을 쐈다.

"젠장, 신호탄이다!"

"코지아가 곧 돌아올 거야."

"서둘러야 해!"

세 비적이 비행선에 접근했다. 계곡의 가장 넓은 면이 코앞이었다.

"여기서 못 잡으면 파고들 틈이 없어."

"다들 정신 바짝 차려!"

비적들이 서로를 격려하며 비행선을 향해 깡통을 발사했다.

"폭탄이다! 명중시켜!"

코지아의 부관이 지시했다. 병사들이 화살총을 발사했다. 화살에 맞은 깡통에서 연기가 퍼져 나왔다.

"폭탄이 아니었나?"

부관이 당황했다.

비행선이 계곡의 넓은 면에 들어섰다. 50대 비적이 비행선의 옆에 바짝 붙어 뚫린 벽에 갈고리를 넣었다. 갈고리가 왕자의 침대에 걸렸다. 글라이더의 다리가 도르래를 감았다. 침대가 끌려 올라오기 시작했다.

"대포를 쏴!"

"연기 때문에 조준이 안 됩니다."

"일단 쏴!"

코지아의 부관이 고래고래 고함을 질렀다. 대포가 발사되었으나 연막탄으로 시야가 가려진 중에 무작정 발포하는 건 강에 돌을 던지며 물고기가 맞기를 기대하는 것만큼이나 헛된 행위였다. 코지아의 부관은 왕자의 침대가 끌려 올라가고 있다는 사실조차 모르고 있었다.

마무드는 침대가 움직이는 걸 느꼈다.

"어, 어?"

침대에서 뛰어내려야 했다. 아직 비행선 안이었고 끌려가는 속도가 빠른 것도 아니었다. 하지만 마음과 달리 그의 손은 매트리스를 놓지 못했다. 사각 침대가 비행선에서 빠져나와 절벽에 부딪쳤다.

"으아아아!"

마무드는 비명을 질렀다. 침대가 절벽을 긁으며 끌려가고 있었다. 용기를 내어 한 발짝만 걸으면 다시 비행선으로 돌아갈 수 있을 거리였다. 침대가 위로 올라가기 시작했다. 그래도 이 정도 높이라면 뛰어내려도 발목이나 좀 접질리는 정도일 것이다. 더 망설였다가는 크게 다칠 각오를 해야 했다.

갈수록 위험 부담이 커지는 줄 알면서도 마무드는 아무것도 하지 못했다. 그는 손가락에 가시 한번 박혀본 적 없었다. 어린 시절, 뜀박질을 하다 넘어질 때도 그의 발 밑에는 언제나 푹신한 양탄자가 깔려 있었다. 그는 지난 19년을 철저하게 보호받으며 안락한 삶을 살아왔다. 왕자는 열아홉 살이었지만 어린아이나 다름없었다. 비적에게 붙잡힌 침대에서 뿌연 연기와 전투의 소음과 화약 냄새가 가득한 비행선으로 뛰어내리라는 건 유복한 집에서 따뜻한 보살핌을 받으며 자란 일곱 살 아이에게 맨발로 집을 나가 알아서 살라고 말하는 것과 같았다.

"놈들의 목표는 보물이 아닌 왕자였습니다! 우르크의 왕자가 납치되고 있습니다, 대장군!"

망원경을 눈에 댄 오마르가 긴급하게 상황을 전했다. 카심은 귀마개라도 낀 양 반응이 없었다. 오마르의 머릿속에 한 가지 의혹이 스쳤다.

설마 카심은 우르크의 왕자가 이대로 죽길 바라는 걸까? 우르크의 왕자가 사절을 핑계로 키미아 공주에게 청혼하려 한다는 소문이 파다했다.

설사 왕자가 잘못된다 해도 카심은 형식적인 처벌을 받은 뒤 다시 중용될 가능성이 높았다. 그의 실력을 높이 산 키미아 공주가 적극적으로 뒤를 봐주기 때문이었다. 그러나 오마르에게는 아무런 뒷배가 없었다. 그에게 모든 책임이 전가될 게 명약관화했다.

"우리가 여기 온 목적은 우르크의 왕자를 무사히 바탄까지 호위하기 위해서입니다. 만일 왕자에게 문제가 생긴다면 하산 재상이 옳다구나 하고 대장군을 내치려 들 겁니다. 아들인 두반이 키미아 공주와 결혼하길 바라니까요."

석상처럼 무표정하던 카심의 얼굴에 처음으로 변화가 나타났다. 그는 마지못한 음성으로 말했다.

"'용오름'을 준비시켜라."

"넷! 용오름을 준비하라!"

병사들이 잔가지와 덤불로 가려두었던 천막을 걷자 마디마디가 분절된 길이 9미터의 글라이더가 형체를 드러냈다. 몸체는 바탄의 색인 짙푸른 색이었으며 각 마디에는 황금색 눈알을 그리고 날개를 달았다. 카심이 조종간을 당기자 용오름의 아랫면에서 강한 바람이 분사되었다. 관목들과 잔가지들이 날리고 부옇게 흙먼지가 일더니 용오름이 하늘로 떠올랐다. 바탄의 최고 기술자인 바바 무스타파의 역작으로 활주로가 없어도 이륙할 수 있는 획기적인 글라이더였다.

"우리도 간다!"

오마르가 명령하고 글라이더에 올라 페달을 밟았다. 몸체에 있는 다리가 달리기 시작했다. 다른 조종사들도 이륙했다.

"용오름이다!"

"기어이 카심이 출격하는군."

네 비적이 침음을 삼켰다.

"서둘러야 해!"

글라이더에 왕자의 침대를 매단 50대 비적이 속도를 높였다. 마무드는 원숭이처럼 두 팔과 두 다리로 침대 기둥을 끌어안았다.

"이게 도대체 무슨 일이지? 왜 내게 이런 일이 생기는 거야?"

마무드가 비통하게 울부짖었다.

"남은 무인 글라이더를 모두 출동시켜!"

50대 비적의 지시에 구름 속에 숨어 있던 수십 기의 분홍 글라이더가 축제 때 날리는 비둘기 떼처럼 쏟아져 나왔다.

「카심 대장군을 엄호하라!」

오마르가 반사경으로 지시했다. 우르크의 글라이더가 당하는 모습을 본 바탄의 조종사들은 침착하게 대응 사격했다. 용케 글라이더에 안착한 분홍 글라이더들은 즉시 다리를 공격해 떨어뜨렸다.

"제길, 쉽지 않겠는데?"

50대 비적이 침음을 삼켰다.

삽시간에 비적들의 뒤를 잡은 카심이 마디마다 있는 총구를 열었다. 세 비적은 각기 다른 방향으로 글라이더를 틀어 날아오는 작살을 피했다. 끈으로 매달린 침대가 힘껏 민 그네처럼 크게 흔들렸다.

카심의 글라이더가 배불뚝이와 젊은 비적 사이를 가르며 꼬리를 좌우로 휘둘러 둘의 글라이더를 한 번씩 내리쳤다.

"으악!"

"와아아악!"

두 글라이더는 걷어차인 돌멩이처럼 멀리 날아갔다. 훼방꾼을 처리한 카심이 50대 비적의 글라이더를 조준했다.

"날 공격하면 왕자는?"

50대 비적의 눈이 왕방울처럼 튀어나왔다.

용오름의 총구가 열리는 순간 카심은 큰 충격을 받고

조종간을 놓쳤다.

"뭐야?"

바로 위에서 길쭉한 관절형 분홍 글라이더가 그를 공격하고 있었다. 분홍 글라이더에서 깡통들이 떨어졌다. 카심은 조종간을 틀었으나 반응 속도가 현저하게 떨어졌다.

카심의 글라이더에 부딪친 깡통들이 폭발했다. 거인이 그를 통에 넣고 흔들어대는 것만 같아 카심은 정신을 차리지 못했다.

"두목이다!"

긴 분홍 글라이더를 본 비적들이 환호했다. 텁석부리만 두목까지 싸움에 끼는 모습에 자책했다.

"형!"

용오름이 위기에 처한 모습을 본 알리바바의 낯빛이 창백해졌다. 그는 나무를 타고 올라가 공구벨트에서 망치와 드라이버를 꺼냈다. 이어 조종 칸과 두 번째 마디만 남기고 글라이더를 분리하기 시작했다.

"알리바바?"

잠보는 나무 타기에 서툴렀다. 그는 숨을 들이마시고 나무에 발을 올렸다.

"뭘 어쩌려고?"

남모를 사투 끝에 나무로 올라온 잠보가 알리바바를 만류했다. 조종 칸은 그나마 멀쩡했지만 두 번째 마디의 오른쪽 날개는 뿌리만 남아 덜렁거렸다.

"수직 이륙을 하면 돼."

"이 꼴로 될 리가 없잖아!"

"형이 비적들에게 공격받고 있다고!"

알리바바가 눈을 부릅뜨며 악을 썼다. 두 손이 바들바들 떨리고 있었다.

"이 나사만 풀면 되는데…… 이게, 이게 왜 이렇게 안 풀리지?"

말문이 막힌 채 바라보던 잠보가 알리바바의 손을 잡았다. 그리고 나사를 푸는 데 힘을 보탰다. 마지막 나사가 풀리자 글라이더 뒷부분이 아래로 추락했다. 굉음이 울리며 잠보와 알리바바가 매달려 있던 나무가 위태롭게 흔들렸다. 둘은 나무를 부여잡고 버텼다.

"넌 여기 있어. 두 사람이 타는 건 무리야."

"야아, 넌 무기도 없잖아. 개죽음밖에 더해?"

사색이 된 잠보가 눈물을 쏟았다. 알리바바는 조종석에 올라탔다. 잠보는 울면서도 글라이더 마디에 걸려 있던 잔가지들을 치워냈다.

"몸체를 버린 대신 가벼워졌어. 해볼 만해."

"꼭 살아와!"

"당연하지, 내가 누구냐?"

"곧 부마가 되실 카심 대장군의 동생 알리바바지! 비적 따위, 멋지게 혼내고 돌아와!"

잠보가 주먹으로 눈물을 훔쳤다. 씩 웃은 알리바바가 조종간을 잡았다. 조종간 아래에서 회오리바람이 불었다.

"나무 위에 있으니 힘을 못 받네."

수차례 시도했으나 바람은 헛되이 나뭇잎만 날렸다. 알리바바는 창공으로 눈을 돌렸다. 분홍 글라이더가 푸른 글라이더를 몰아붙이고 있었다. 알리바바는 수직 상승기를 끄고 다리를 내렸다. 글라이더의 얇은 다리 두 개가 가지를 꽉 붙잡았다. 알리바바의 턱에 힘이 들어갔다. 몸체의 3/4을 잃어 무게중심이 완전히 달라져 있었다. 그는 신중하게 레버를 당기고 조종간을 움직였다. 글라이더의 다리가 힘차게 뛰어올랐다. 알리바바는 튼튼한 가지를 골라 메뚜기처럼 깡충깡충 뛰며 점점 더 높이 도약했다. 잠보가 식은땀을 흘리며 지켜보았다. 곧 절벽이었다. 이번에 못 날면……!

알리바바의 글라이더가 최후의 도약을 했다. 아래에서 까마득한 절벽이 게걸스러운 아가리를 벌렸다. 글라이더는 힘차게 날아오르는가 싶더니 속도가 떨어지며 눈 깜빡할 사이에 절벽 아래로 사라졌다. 잠보는 나무 타기를 무서워하던 것도 잊고 뛰어내리다가 그만 넘어졌다.

"알리바바아아!"

잠보는 비통하게 알리바바의 이름을 부르짖었다. 그때 부르릉거리는 소리가 들렸다.

"어?"

잠보가 고개를 드니 알리바바의 글라이더가 떠오르고 있었다.

"난 하누아에서 자랐어. 이 계곡의 바람은 누구보다

잘 알아!"

알리바바가 자기 자신과 글라이더를 독려하는 말을 뱉었다. 무스타파의 도움을 받긴 했지만 수없이 설계도를 고치며 크고 작은 톱니바퀴를 깎고, 작은 나사 하나까지 모두 직접 조였다. 알리바바는 수직 상승기를 응용해 바람을 쏘며 균형을 잡았다.

"가자!"

뿌리만 남은 날개도 바람을 맞이했다. 알리바바는 새처럼 창공을 날았다.

카심은 불안정한 기체를 가지고도 용케 비적단 두목의 공격을 피해냈다.

"제법 바람을 타는군. 고작 스물아홉 살에 대장군의 자리에 오른 게 공짜는 아니었다 이 말이지."

비적단의 어린 두목이 읊조리며 다른 비적에게 신호를 보냈다.

「왕자를 데리고 가라.」

"두, 두목······!"

네 비적은 차마 어린 두목을 두고 가지 못하고 주저했다.

「이러다 자칫 왕자를 뺏긴다. 가!」

두목이 재차 지시했다.

"우린 두목을 믿는다."

50대 비적이 비장하게 말했다. 배불뚝이와 젊은 비적이 이를 악문 채로 바탄의 글라이더들을 공격하며 길을 뚫었다. 50대 비적은 그 사이로 글라이더를 몰았다.

알리바바는 카심을 향해 날아가며 상황을 살폈다. 분홍 글라이더가 카심을 몰아붙이고 있었다. 바탄의 글라이더가 쏘는 작살은 바람을 자유자재로 타는 분홍 글라이더의 근처도 가지 못했다. 적이지만 감탄을 자아내는 움직임이었다. 알리바바는 머리를 굴렸다.

"이 글라이더로 저걸 잡는 건 어림없는 일이야. 그렇다면……."

결의를 다진 알리바바가 글라이더의 속도를 높였다. 거세진 바람에 너덜너덜한 기체가 금방이라도 분해될 듯 요동쳤다.

"한 번만, 딱 한 번만……!"

알리바바는 50대 비적을 향해 전속력으로 날아가 그대로 기체를 박았다.

쿠콰콰콰콰쾅.

충돌한 알리바바와 50대 비적의 글라이더가 지상으로 내리박히기 시작했다.

"이게 무슨 일이야?"

"저건 또 뭐야?"

젊은 비적과 배불뚝이 비적이 경악했다.

폭발음에 뒤를 돌아본 두목의 안색이 변했다. 두목은 즉각 글라이더를 선회했다.

바닥에 처박히는 것만은 피하기 위해 50대 비적은 조

종간을 움켜쥐고 고군분투했다. 왕자의 침대가 땅에 질질 끌렸다. 바닥에 사선으로 추락한 글라이더가 한 번 펄쩍 뛰어올랐다가 재차 땅에 떨어지며 앞으로 쭉 미끄러졌다. 글라이더에 밀린 나무들이 도미노처럼 뒤로 넘어갔다. 50 미터쯤 더 가서야 글라이더가 멈췄다. 50대 비적은 꽁지가 빠지게 글라이더에서 튀어나와 큰 바위 뒤로 몸을 날렸다. 그 순간 글라이더가 폭발했다. 왕자의 비명은 폭발음에 묻혔다.

폭음이 가시자 50대 비적이 흙먼지로 범벅이 된 몸을 일으켰다. 안도할 새도 없이 뒷덜미가 선득해진 50대 비적이 천천히 뒤로 돌았다. 그처럼 흙과 피로 엉망이 된 알리바바가 네일 건을 겨누고 있었다.

"놔줘."

그때 낭랑한 목소리가 울렸다. 멀리서 비적 두목이 잠보의 머리에 화살총을 겨눈 채 다가오고 있었다. 금속 장갑이 화살총과 더불어 사납게 번뜩였다.

"미, 미안해! 널 따라가다가……."

잠보가 울먹였다.

"두목! 전 신경 쓰지 마시고 왕자를 데려가십시오!"

50대 비적이 비장하게 외쳤다.

"왕자가 어쨌다는 거야? 내 친구 내놔."

알리바바가 사납게 으르렁거렸다.

"나도 내 친구가 우선이야."

비적 두목이 대답했다. 알리바바로서는 뜻밖의 말이

45

었다.

"교환하자."

"두목, 안 됩……!"

"조용히 해."

두목의 말에 50대 비적이 입을 다물었다.

알리바바가 50대 비적의 등을 밀었다. 비적 두목도 잠보를 보냈다. 50대 비적과 잠보가 서로를 스쳤다. 그 순간 하늘에서 바탄의 작살이 쏟아졌다.

"가자!"

두목이 50대 비적의 손을 잡고 뛰기 시작했다. 작살 하나가 두목의 두건을 스쳤다. 두건이 벗겨지며 긴 밤색 머리카락이 비단처럼 흘러내렸다. 두목이 무심코 뒤를 돌았다. 두건이 사라진 자리에 커다란 눈과 앙증맞은 코, 살짝 벌어진 입술이 나타났다. 콧잔등과 뺨에는 참깨 모양 주근깨가 가득했다. 불어온 바람에 머리카락이 날리며 햇볕에 그을린 이마 위로 기다란 흉터가 드러났다.

"여자였어?"

알리바바가 믿어지지 않는 듯 눈을 크게 떴다.

두목과 50대 비적은 재빠르게 모습을 감췄다. 그들이 있던 자리에서 무언가가 햇살에 반사되어 반짝거렸다. 주워 보니 목걸이였다. 잠보가 그를 거세게 당겼다. 두 사람은 두꺼운 나무 뒤에 몸을 밀착했다. 재차 작살이 쏟아졌다.

"봤어?"

알리바바가 물었다.

"뭘?"

잠보가 되물었다.

"아냐, 가자!"

둘은 작살을 피해 정신없이 도망쳤다.

"더는 못 뛰겠어."

잠보가 쓰러지듯 무릎을 꿇고 단내 나는 숨을 뱉었다. 알리바바도 멈춰서 하늘을 보았다. 푸른 글라이더가 날아가는 모습이 보였다.

"그래, 쉬자."

둘은 느린 걸음으로 개울을 찾았다. 알리바바는 얼굴과 상처를 씻었다.

"괜찮아?"

"까진 정도야."

"이게 까진 거라고?"

잠보가 옷을 찢어, 깊이 베인 알리바바의 팔뚝을 단단히 묶었다. 그때 누군가 다가오는 소리가 들렸다. 도망치려는 잠보를 알리바바가 잡았다.

"우리가 비적이냐? 도망을 왜 가?"

"아, 그러네. 하도 뛰었더니 도망쳐야 하는 줄 알았어."

나무 사이로 카심과 부관, 병사들이 나타났다.

"형!"

알리바바는 무사한 카심의 모습에 환하게 웃었으나 카심은 알리바바가 나무 중 하나라는 듯 지나치려 했다. 알리바바가 깜짝 선물을 준비한 사람처럼 초롱초롱한 눈으로 물었다.

"이럴 때 해야 할 말 있지 않아?"

카심은 말없이 알리바바를 쏘아보았다. 바쁘니 빨리 말하라는 태도였다.

"수상한 놈 못 봤냐, 그런 말……!"

카심이 휘두른 주먹에 관자놀이를 맞은 알리바바가 바닥에 나뒹굴었다.

"아무짝에도 쓸모없는 놈. 몇 주 전부터 우르크의 사절단이 온다는 알림이 있었는데 한 귀로 듣고 한 귀로 흘렸겠지! 그러니 여기서 노닥거리고 있지."

알리바바의 멱살을 잡아 일으킨 카심이 재차 주먹을 갈겼다.

"알리바바가 놀다니요? 형님을…… 아, 아니, 대장군을 구하기 위해 비적의 글라이더에 자기 글라이더를 박았어요. 여기 다친 거 안 보이세요?"

잠보가 다급히 설명하다가 카심의 눈빛이 돌변하는 모습에 형님에서 대장군으로 호칭을 정정했다.

"저도 봤습니다. 알리바바가 아니었다면 손쓸 방법도 없이 왕자를 놓쳤을 거예요."

오마르도 말을 더했다.

"누가 멋대로 끼어들래?"

카심이 알리바바를 패대기쳤다. 오마르가 질린 얼굴을 했다. 잠보가 쓰러진 알리바바를 끌어당겨 카심에게서 떼어놓았다. 카심은 거친 군홧발 소리를 내며 떠났다.

"괜찮아?"

잠보가 알리바바를 살폈다.

"별거 아냐. 비적을 놓쳐서 화가 났나 봐."

알리바바가 맞은 곳을 문지르며 대꾸했다. 잠보는 답답하다 못해 화가 났다. 아무리 유일한 가족이라지만……

➢

카심은 왕궁에 있는 칼리프의 집무실로 들어갔다. 키미아 공주와 하산이 그를 맞이했다. 키미아는 몇 해 전 병상에 누운 칼리프를 대신해 국정을 맡고 있었다.

키미아를 본 이들은 누구나 그녀의 인형 같은 자태에 놀랐다. 올해 열여덟 살인 키미아는 한밤의 호수처럼 신비로운 검은 머리카락에 고혹적인 눈매, 설원처럼 흰 피부의 미인이었다. 그러나 사람들을 놀라게 하는 건 아름다움만이 아니었다. 표정과 움직임이 없는지라 앉아 있을 때면 꼭 인형을 앉혀둔 것 같았고 걸을 때조차 치마 속에 바퀴가 있는 인형이 굴러가는 듯 어깨와 허리가 고정되어 있었다.

"비적들이 왕자를 납치하려 들었으나 무사히 구출했습니다."

카심이 절도 있는 어조로 보고했다.

"비적은 잡지 못했죠. 대장군이 비적을 코앞에서 놓친게 벌써 몇 번째요? 대체 얼마나 우습게 보였기에 놈들이 우리 사절로 오는 우르크의 왕자를 납치하려 드는 거요?"

"더는 두고 볼 수 없습니다. 공주, 제 아들 두반에게 기회를 주시지요."

하산이 공주를 향해 상체를 기울였다.

"두반은 실전 경험이 전무합니다."

카심이 단박에 반대했다.

"대장군은 경험이 많아 번번이 놓친 게요?"

하산이 냉소했다.

"왕자는?"

키미아가 복화술사처럼 움직임이 느껴지지 않는 입술로 물었다.

"놀랐을 뿐 크게 다친 곳은 없다고 합니다."

카심이 대답했다.

"도대체 어떻게 했기에 왕자가 납치를……!"

"두반에게 비적 토벌대장을 맡기고 병사 3000명을 주지. 얼마나 걸리겠는가?"

공주의 시선이 하산에게 향했다.

"한 달, 길어도 두 달이면 충분합니다."

하산이 호언장담했다. 결론이 내려졌다는 듯 키미아가 아무런 반동 없이 몸을 세웠다. 카심이 공주의 뒤에 따라붙었다.

"그놈들은 틀림없이 16년 전 칼리프의 손에 멸망한 시완의 잔재일 겁니다. 투락산에 있는 폐광 중 하나에 숨어 있는 게 분명해요. 투락산에는 크고 작은 광산들이 많았죠. 그자들은 전쟁이 벌어지자 광산을 폐쇄하고 입구를 감췄습니다."

"알아."

"두반은 절대 못 합니다. 만 명을 끌고 산을 뒤져도……!"

"안다고 했다."

"그런데 왜 두반에게 토벌대장을 맡기셨습니까?"

"그대에게도 어려운 일이라면서 두반이 해낼까 봐 두려운가?"

"두반은 못 해냅니다. 하지만 토벌대장을 맡았던 걸 기반으로 더 높은 자리를 원하게 될 겁니다."

"어쨌든 그대는 계속 실패했어. 게다가 우르크의 병사들이 지켜보는 가운데 왕자가 침대째 끌려갔지. 우리 왕국 코앞에서 말이야. 하산은 그대를 파면해야 한다고 했어."

"자기들 왕자인데 자기들이 지켜야죠."

도마뱀 같은 냉담함도 표정이라고 할 수 있다면, 키미아에게서 극히 보기 힘든 표정이 떠올랐다.

"왕자가 죽길 바랐나?"

카심은 동요 없이 대답했다.

"비적이 왕자를 노리리라는 건 예상했던 바입니다. 저는 그 기회를 틈타 비적들을 일망타진하고자 했습니다."

공주의 오른쪽 입가가 미세하게 위로 올라갔다.

"병사 3000명을 무장시키려면 시간이 걸릴 거야."

"그 전에 반드시 비적들을 토벌하겠습니다."

키미아는 몸을 돌렸다.

카심은 우두둑 소리가 나도록 주먹을 쥐었다.

조금 떨어진 거리에서 하산과 두반이 키미아와 카심을 지켜보고 있었다.

"저대로 놔둬요?"

"걱정 마라. 카심은 절대 키미아의 애인이 아니야."

"예?"

"왕을 대리하기엔 어린 나이지. 자기를 지킬 자로 카심을 택했을 뿐이다."

"어떻든 저랑은 결혼하기 싫다는 거잖아요. 아버지가 칼리프에게 이야기하시면 안 돼요? 칼리프의 총애를 받으시잖아요."

"쯧, 그놈의 로맨티스트……. 말을 들어먹어야 말이지."

➢

코지아의 지시에 따라 노예들이 마무드를 한껏 치장하고 있었다. 손에는 물 한 방울, 발에는 흙 한 톨 묻히지 않고 자라온 그가 난생처음 왕성을 떠나 먼 길을 왔고, 비적에게 납치당할 뻔한 데다, 공중에서 추락해서 맨땅 위를 굴렀다. 화려한 만큼이나 튼튼했던 침대가 엄폐물이 되어준 덕에 타박상 정도로 끝났지만, 정신은 아직 침대 기둥을 붙든 채 공중에서 끌려갈 때의 공포에 머물고 있었다. 하지만 코지아는 마무드가 마음을 추스를 틈을 주지 않고 곧 바탄의 공주가 올 거라며 그를 준비시켰다.

코지아는 비싸게 팔 상품의 포장 상태를 점검하듯 마무드를 꼼꼼하게 살폈다.

"하루만 미루면 안 되겠나?"

마무드가 애걸 조로 말했다.

"왕자는 이번에 죽을 고비를 넘겼습니다."

코지아는 차가운 표정으로 운을 뗐다.

"호위를 어떻게 했기에……!"

"살아남기 위한 왕자의 무기는 뭡니까?"

용기를 쥐어짜 따져보려던 마무드의 입이 재갈로 틀어막힌 듯 닫혔다.

"외모입니다. 왕자는 드물게 아름다운 외모를 타고났죠. 그 외모를 이용해 키미아 공주를 홀려서 결혼해야 합니다. 그리고 바탄의 칼리프가 죽은 뒤 왕위를 이어받는 것, 그게 왕자가 살아남을 유일한 방법입니다."

"혀, 형님들은 절대 나를……."

"안타깝지만 왕자, 어린 시절은 끝난 지 오래입니다. 왕자가 여기로 오게 된 건 두 형님의 마지막 배려이자 바탄을 속국으로 삼기 위한 포석입니다."

코지아는 마무드가 현실을 받아들일 시간을 주듯 잠시 말을 끊었다가 이었다.

"소득 없이 우르크로 돌아가면 두 형님에게 자신을 지지하라는 압박을 받을 겁니다. 이기는 쪽에 붙으면 다행이지만, 지는 쪽에 붙으면 죽겠죠. 왕자는 누구의 편에도 서고 싶지 않다는 것 잘 압니다. 피를 보는 형제 싸움에 끼기에는 심약한 분이니까요. 끝내 누구도 지지하지 않으면 어떻게 될까요? 역시 죽을 겁니다. 첫째 왕자와 둘째 왕자에게 선택받지 못한 세력이 왕자 옆에 몰릴 테고, 두 왕자가 그걸 두고 볼 리 없지요."

"난 칼리프 자리에는 욕심이 없어! 형님들도 알아!"

"알아도 왕자 옆에 사람이 모이면 형님들에게도 선택의 여지가 없는 겁니다. 둘이 싸우느라 힘이 약해진 틈을 타 왕자를 이용해서 어부지리를 얻으려는 자들이 생길 테니까요."

"그, 그런……."

"키미아 공주와 결혼하면 제가 왕자를 지켜드리겠습니다. 아니면 돌아가서 칼리프의 아들답게 싸우십시오. 왕자 또한 자격이 있습니다. 역시 제가 힘이 되어드리지요."

다리에 힘이 풀린 마무드가 휘청거렸다. 코지아는 자신이 바로 어부지리를 노리는 사람임을 감추려는 시늉조차 하지 않았다.

마무드는 형들이 자기를 해치리라 믿고 싶지 않았다. 하지만 나약하게 살아왔어도 그 역시 한 나라의 왕자였다. 지난 세월 동안 왕자들 사이에서 얼마나 많은 피바람이 불었었는지 누구보다 잘 알았다. 그게 자기 일이 될 줄은 몰랐지만…….

"홀리라니, 어떻게……."

"본연의 모습 그대로, 연약하고 아름다운 모습을 보여

주면 됩니다. 어울리지도 않게 강한 척, 남자다운 척할 필요 없습니다. 키미아 공주의 유력한 남편감은 카심과 두반이라더군요. 두반은 재상의 아들이라서, 카심은 공주가 친애하기 때문이죠. 하층민 출신인 카심을 중용하는 이유가 뭘까요? 공주는 자기를 위협하지 않을 남자가 필요한 겁니다."

"공주께서 곧 도착한다고 합니다."

노예가 보고했다.

"바탄의 칼리프는 공주에게 누구든 원하는 사람과 결혼하라고 했답니다. 그러니 왕자는 공주만 흔들면 됩니다. 뒤는 제게 맡기시고요."

코지아가 마무드를 거울 앞에 세웠다.

"웃으세요. 왕자는 웃을 때 가장 아름답습니다."

마무드는 거울 앞에서 양 입가를 올렸다. 매끄러운 뺨에 경련이 일었다.

키미아가 마무드의 방에 도착했다. 마무드는 사력을 다해 웃는 얼굴로 그녀를 맞이했다.

"어서 오십시오, 바탄의 공주 키미아. 저는 우르크 칼리프의 셋째 아들인 마무드라 합니다."

"상처는 좀 어떠신지요."

"의사 말이 별것 아니라더군요."

마무드가 그녀를 자리로 인도했다. 노예가 차를 따라 주었다.

"어쩜 저렇게 잘생기셨을까……."

"우리 공주도 미인이지만 너무 차가우셔."

키미아의 시녀들이 수군거렸다.

"카심 대장군이 빨리 출격했다면 왕자가 곤욕을 치를 일은 없었을 겁니다. 공주께서 아끼는 장수라 들었습니다. 총애를 등에 업고 도를 넘어 날뛰는 건 아닌지 걱정입니다. 늙은이의 노파심이라고 흘려듣지 마십시오."

코지아가 한마디 했다. 키미아는 눈썹 하나 까딱하지 않았다.

"그럼 늙은이는 빠지겠습니다."

코지아는 정중히 인사하고 물러났다. 방을 나온 코지아의 미간이 좁혀졌다. 그는 왕자를 호위하는 총책임자였다. 그런데 키미아는 그가 보이지도 않는 양 굴었다.

키미아는 차를 마시는 내내 허리에 막대라도 꽂은 듯 꼿꼿한 자세를 유지했다. 단 한 번도 그 누구에게도 숙여 본 적 없는 것처럼 날카로운 턱은 늘 위로 치켜 올라 있었다. 마무드의 턱밑까지 오는 자그마한 키인데도 위압감으로 인해 실제보다 커 보였다. 코지아는 닫힌 방문을 바라보며 혼잣말로 중얼거렸다.

"마무드가 감당할 수 있을까……."

키미아는 우르크에 대한 의례적인 질문을 던졌다. 마무드는 우르크의 이야기를 들려주었다. 예의 바른 시간을 보낸 키미아는 업무를 보고 다시 올 테니 함께 저녁을 먹

자고 청했다. 키미아가 떠나자 코지아가 마무드는 처음
보는 환한 얼굴을 하고 방으로 들어왔다.

"키미아 공주의 시녀를 하나 매수했지요. 시녀의 말이
공주가 이렇게 오래 있을 줄 몰랐다고 하더군요. 저녁을
같이 먹자고 한 것도 놀라운 일이라고요. 잘하셨습니다.
왕자."

마무드는 무심코 거울을 향해 눈을 돌렸다. 우르크에
서 그에게 반해 상사병을 앓은 이들이 한두 명이 아니었
다. 마무드는 아까와 달리 자신에 찬 웃음을 지으며 옷자
락을 매만졌다. 키미아와 결혼한다면 그는 다시금 안락하
고 평안한 생활로 돌아갈 수 있었다.

➤

카심과 하산도 마무드의 별채에 심어놓은 사람들에게
키미아가 마무드와 저녁을 먹었다는 이야기를 들었다. 카
심은 분통이 터졌으나 달리 도움을 청할 곳이 없었고, 하
산은 서둘러 칼리프의 침실로 갔다.

"하산."

병상에 누운 칼리프가 하산을 맞았다. 칼리프는 한때
곰과 겨룰 만큼 우람한 체구의 전사였다. 지금은 종잇장처
럼 마른 몸으로 누워서 숨만 쉬는 게 고작이었다.

"마무드는 만나보았나?"

"유약한 자더군요."

"그런가……."

칼리프가 아쉬운 얼굴을 했다.

"공주 혼자 국정을 맡는 건 역부족입니다. 서둘러 결혼하셔야 해요. 부족하지만 제 아들이 공주를 열렬히 사랑하고 있습니다."

"나도 자네 아들이면 마음이 놓이지. 그러나 결정은 키미아가 하는 거야."

"마무드 왕자는 안 됩니다. 그자가 공주와 결혼하면 바탄은 우르크의 속국이 될 거예요."

"카심은 어떤가? 키미아가 마음에 들어 한다던데?"

"키미아 공주를 이용해 사리사욕을 채우려 드는 협잡꾼에 불과합니다."

"쉽게 휘둘릴 아이가 아니야."

"그래도 여자입니다. 칼리프시여, 저희 가문은 대대로 바탄에 충성을 바쳐왔습니다. 저는 칼리프와 수차례 전쟁에 참가해 바탄의 영토를 넓혔지요."

"알아, 알고말고."

"부디 공주가 현명한 선택을 내리도록 조언해 주십시오."

"그래, 키미아에게 내가 보잔다고 전하게."

"예, 칼리프."

하산이 시종을 시켜 공주를 부르려던 차에 키미아가 칼리프를 만나러 왔다.

"내 딸아……."

칼리프가 손을 내밀었으나 키미아는 마주 잡지 않았다.

"두 분께서 이야기를 나누도록 저는 이만⋯⋯."

"안 그래도 부르려던 차였네."

"예, 공주."

하산은 옳다구나 하고 자리에 남았다. 키미아는 칼리프를 향해 고저 없는 목소리로 말했다.

"어머니의 묘지를 일부 해체하려 합니다."

"뭐, 너, 너, 지금 뭐라 했느냐?"

칼리프가 침대에서 일어나려 몸부림쳤다. 하산이 황급히 칼리프의 상체를 세우며 대신 물었다.

"공주, 갑자기 무슨 말씀이십니까?"

"비적들로 인해서 무역이 점차 어려워지고 있습니다. 두반에게 비적들을 소탕하도록 병사 3000명을 주고자 합니다. 병사들을 무장시키고 먹이려면 돈이 필요합니다. 하지만 현재 국고에는 그만한 돈이 없습니다."

"돈은 제가 얼마든지⋯⋯."

"왕성이 그대에게 진 빚이 이미 적지 않네."

"저는 칼리프의 신하이자 친구입니다. 당연히 그만한 일은⋯⋯."

"어머니의 묘지를 꾸미는 데 수많은 금과 은, 보석들이 쓰였습니다. 국고가 비는 데 일조했지요."

키미아는 하산의 말을 연이어 끊으며 칼리프에게 말했다.

"네 어머니다!"

칼리프가 노기를 띠었다.

"공주, 칼리프는 본디 커다란 성 여러 개를 마음껏 쓰셨습니다. 시종은 수백 명에 달했지요. 그런데 3년 전, 공주가 난데없이 칼리프를 이 작은 방으로 모시더니 시종도 열 명으로 줄이셨어요! 그래도 칼리프는 웃으며 받아들이셨습니다. 한데 이제 돌아가신 어머니의 묘지까지 건드리시겠다는 겁니까?"

"왕성이 그대에게 더 많은 빚을 져야 한다고 말하는 건가?"

"빚이라니요. 제가 기꺼이 융통해 드릴⋯⋯."

"마무드와 결혼할까 해. 우르크는 부유하니 그와 결혼하면 국고에 큰 힘이 될 테고 자네도 빌려준 돈을 받을 수 있으니 좋지 않은가."

"카, 칼리프⋯⋯!"

하산이 도움을 청하듯 칼리프를 바라보았다. 애써 마음을 가라앉힌 칼리프가 어린아이를 타이르듯 입을 열었다.

"나는 바탄을 크고 강력한 나라로 만드는 데 일생을 쏟았다. 사랑이 뭔지도 모르는 채 오로지 나라만을 위해 살았지. 그러다 네 어머니를 만났고 비로소 삶의 기쁨을 알았다. 그러나 네 어머니는 너무나도 일찍 가고 말았지. 너는 나와 네 어머니의 사랑의 결실이야. 나는 네가 행복하기를, 사랑하는 사람과 결혼하기를 바라. 내가 그러했듯이⋯⋯. 내 삶은 얼마 남지 않았다. 내가 죽은 뒤에는 재상이 널 지켜줄 게야. 그러니 너는 네 행복만 생각하거라. 사랑하고 사랑받는 행복을 알아야 해."

"칼리프."

"아버지라 불러야지."

"아버지."

늘 유리구슬 같던 공주의 눈에 적의가 담겼다.

"두 분이 결혼하셨을 때 저는 세상에 존재하지도 않았죠. 어머니가 돌아가셨을 때는 고작 한 살이었습니다. 아버지는 성대한 결혼식을 올렸고, 어머니를 위해 화려한 궁궐을 건축했으며, 궁궐이 다 지어지기도 전에 시완 정복에 나섰습니다. 폐허가 된 하누아를 재건축해 천도했고 어머니의 묘를 사치스럽게 짓느라 또 국고를 탕진하셨어요. 그 일에 대해서 저는 어떠한 의견도 개진할 수 없었죠. 아무것도 모르는 어린아이였으니까요. 그런데 왜 뒷감당은 제 몫입니까?"

"어머니의 묘지를 훼손하면 백성들이 공주를 냉혹하다 비난할 것입니다."

하산이 끼어들었다.

"묘지를 해체하는 과정에서 백성들은 일자리를 얻을 테고, 그들의 수입은 세금으로 돌아와 왕성을 부유하게 할 것이다."

"백성은 나라의 발이고, 칼리프는 나라의 머리입니다. 공주께서는 어찌 발만 보십니까. 마땅히 가장 귀한 존재인 머리를, 공주의 부모님을 먼저 고려하셔야 합니다."

"묘지를 축소하면 관리비도 줄어들 터, 묘지를 관리하는 건 재상이니 수입이 줄까 봐 염려되나?"

"어찌 그런 말씀을 하십니까?"

"어머니의 묘지를 설계한 게 그대지."

"칼리프의 마음을 받들었을 뿐입니다. 공주가 태어날 때 저도 그 자리에 있었습니다. 공주는 제게 딸과 같습니다."

"하면 그대에게 선택권을 주지. 마무드 왕자와 결혼할 까, 아니면 어머니의 묘지를 축소할까?"

키미아는 대답을 기다렸으나 하산은 아무 말도 하지 못했다.

"참으로 좋은 벗을 두셨습니다, 칼리프."

키미아의 아름다운 입술이 냉소로 일그러졌다.

"어머니에 대한 아버지의 극진한 사랑을 어찌 이리 모욕하십니까? 공주는 도대체 자식이란 무엇이라 생각하시 는 겁니까?"

하산이 나무라듯 물었다.

"부모님의 로맨스에 의한 부차적 희생자지."

키미아가 차갑게 대답했다.

"그게 도대체 무슨 말이냐?"

칼리프가 어리둥절한 얼굴을 했다. 그는 왕자로 태어 나서 칼리프가 되어 일평생 지시를 내리는 자로 살아왔 다. 그의 말을 이해하고 수행하는 건 아랫사람들의 일이 었다. 이제 젊음의 총명함마저 사라진 그는 공주의 말을 이해하지 못했고, 무력한 얼굴로 해석을 요구하듯 하산을 바라보았다. 키미아가 다가가 칼리프의 뺨에 키스했다.

"부모님이 서로 사랑해서 저를 낳았다는 사실은 의심해

본 바 없다는 뜻입니다. 편히 주무십시오, 아버지."

키미아는 칼리프의 침실을 나와 방으로 돌아갔다. 이렇다 할 장식이 없는 소박한 방이었다. 혼자가 되자 치솟는 감정을 더는 억제하지 못한 키미아가 쓰러지듯 한쪽 무릎을 꿇은 채 거친 숨을 토했다.

아버지는 정복 전쟁으로 나라를 키웠다. 어머니가 죽자 슬픔에 잠겨 어린 그녀를 돌보지도, 전쟁이 끝나고 어수선한 나라를 안정시키지도 못했다. 지난 16년간 아버지는 어머니를 애도하는 데에만 시간과 국고를 탕진하다 늙고 병들었으며 재상에게 막대한 빚을 졌다. 키미아는 아버지의 품에 안겨본 기억조차 없었다. 그런데 이제 그녀가 자라 뒤를 맡길 만하자 아버지라는 이유로 그가 벌인 모든 일의 뒤처리를 요구했다.

➤

키미아는 저녁 시간에 맞춰 마무드를 만나러 갔다.

"우르크식으로 음식을 준비해 보았습니다. 입맛에 맞으시길 바랍니다."

마무드가 온화하게 말했다. 은촛대에 꽂힌 양초들이 은은하게 빛났다. 열린 창으로 라일락 향기가 감미롭게 풍겨 왔다. 한쪽에서 악사들이 느린 선율의 곡을 연주했다.

"이리 마음을 써주시다니 감사합니다."

키미아는 식사를 할 때에도 서류를 옆에 두고 있었다.

열세 살에 아버지가 쓰러진 뒤 오롯이 식사에만 집중하는
건 오늘이 처음이었다. 마무드는 우르크의 풍경이나 문화
에 대해 이야기했고 바탄에 대해서도 듣고 싶어 했다. 키
미아가 누군가와 국정과 관계없는 대화를 나누는 것도 5
년 만이었다.

"바탄 왕성의 정원이 몹시 아름답다 들었습니다."

"안내해 드리지요."

키미아가 일어서자 시녀들이 바람 가는 데 구름 가듯
함께 움직였다.

"왕성의 정원에서 무슨 일이 있겠나."

코지아가 말하자 시녀들은 두 사람을 놓치지 않을 정
도로만 떨어져서 따라갔다.

"듣던 대로 아름다운 정원입니다. 공주께서 찾아와 주
신 덕에 오늘 저녁이 평온하고 따뜻했습니다. 여정의 피로
와 비적들로 인해 놀란 마음이 모두 가시는군요."

마무드의 부드러운 미성이 키미아의 귓가를 파고들었
다. 키미아는 눈동자만 움직여 정원을 둘러보았다. 흰색
과 보라색 라일락이 가지마다 탐스럽게 꽃을 피웠다. 꾀
꼬리가 우짖었고 달은 평소보다 더 크고 환하게 빛났다.

"이 정원이 이리 고운 곳인 줄 미처 몰랐습니다. 조금
전 마음이 어지러워지는 일이 있었는데 덕분에 편안해졌
습니다."

"공주의 마음을 푸는 데 제가 조금이라도 일조했다니
기쁘군요."

마무드는 목화솜처럼 모여 핀 라일락 가지를 하나 꺾어 키미아에게 내밀었다.

"그 어떤 아름다운 정원도, 꽃도, 이곳을 거니는 공주만은 못합니다."

"꽃이 무색하도록 화사하게 빛나는 이는 왕자십니다."

"과찬이십니다."

당황한 마무드가 뺨을 붉혔다. 짧은 침묵이 미풍처럼 지나갔다. 그는 마음을 다잡듯 키미아의 손에 라일락 가지를 올리며 그윽하게 눈을 맞췄다.

"마무드라 불러주십시오. 저도 키미아라 불러도 괜찮으실지요."

"왕자의 무기는 아름다움이 다입니까?"

마무드는 갑자기 기온이 뚝 떨어지기라도 한 듯 한기를 느꼈다. 흑진주처럼 윤기 흐르는 키미아의 눈동자에 담긴 건 악어의 잔혹한 무심이었다.

"왕자는 고래 싸움에 등 터질 새우가 되고 싶지 않아 바탄으로 왔겠지만 여기라고 녹록한 곳은 아니랍니다. 코지아 장군이 왕자에게 무어라 했나요? 꽃처럼 고운 미소로 저를 녹여 바탄의 부마가 되라 하던가요?"

"저, 저는 다만……."

"그러고 나면 일개 공주 따위, 자기가 알아서 할 테니 왕자는 몸에는 비단을 두르고 혀에는 달콤한 음식들을 넣으며 편안하게 지내면 된다고 속살거렸나요?"

"키미아 공주!"

"주변을 둘러보세요. 꽃은 지천으로 널려 있답니다. 이 많은 꽃 중 제가 왕자를 택해야 할 이유가 뭐죠? 아니, 애초에 제가 꽃을 택해야 할 이유가 있나요?"

방심한 채 풀을 뜯다 올가미에 다리가 걸려 공중으로 낚아 채인 어린 사슴처럼 마무드의 정신이 혼미해졌다.

"왕자가 코지아의 꼭두각시로 살겠다면, 저는 왕자를 사절에 걸맞은 예법대로 대접한 뒤 돌려보내면 그뿐입니다."

키미아는 어느새 쥐었던 주먹을 펴 가볍게 털었다. 작은 손짓에 짓뭉개진 꽃이 저항 없이 떨어졌다.

"꽃이란 여리디여린 왕자의 손에조차 꺾이는 나약한 존재, 제게는 쓸모가 없지요. 살길을 찾고 싶다면 왕자가 아름다운 꽃 이상임을 증명하세요."

키미아는 돌아서서 정원을 떠났다. 마무드는 한 발짝이라도 움직이면 낭떠러지로 떨어지기라도 할 듯 한참을 제자리에 붙박여 있었다.

➤

바바 무스타파는 카심이 지켜보는 중에 용오름을 손끝으로 꼼꼼히 훑었다. 그는 쉰세 살에 시력을 잃었으나 그의 글라이더 설계와 제작 기술은 갈수록 늘고 있었다. 무스타파는 용오름에서 톱니바퀴를 몇 개 꺼내 카심의 손바닥에 올렸다.

"누가 끝을 갈아냈군. 작업장 열쇠는 누가 가지고 있지?"

"저, 알리바바, 도제들까지 일고여덟은 됩니다."

"뭐? 제정신인가?"

"죄송합니다, 설마 이런 일이 생길 줄 모르고⋯⋯. 늦은 밤까지 글라이더를 연구하는 도제들이 있거든요."

"알리바바도 자네 도제인가?"

"아닙니다. 오히려 제가 알리바바의 도움을 받고 있지요. 글라이더에 대한 감각이 놀라운 아이예요."

무스타파의 주름진 입술에 흐뭇한 웃음이 피었다.

"재주만 믿고 게으름 피우는 한심한 놈이지. 스스로를 나태하게 만드는 재주는 없느니만 못해."

"대장군은 성실하게 살아오셨죠. 알리바바는 바람처럼 자유롭고요. 형제가 어쩌면 이렇게 다른지⋯⋯."

"자유로운 게 아니라 게으른 거야! 정식 도제도 아닌데 작업장에 드나들게 하면 어쩌자는 건가? 그러니 이런 일이 생기지."

"알리바바는 용오름 제작에 큰 힘이 되었습니다. 제 도제들 다 알리바바보다 한참 뒤처지거든요. 혹시 알리바바를 의심하십니까?"

"⋯⋯그놈은 아냐. 어쨌든 도제들을 예의 주시하게. 놈들 중 하산의 첩자가 있을 거야. 병사들을 보내 용오름을 지키게 하지. 앞으로 용오름은 자네 외에는 누구도 건드려서는 안 돼."

"하지만 용오름은 저 혼자서는 수리하지 못합니다. 섬세한 글라이더라서 알리바바와 실력 있는 도제들의 도움이 필요해요."

"……알리바바만 허락하겠네. 그 외에 누구라도 용오름을 건드렸다가는 손목이 잘릴 것이야. 이 작업장을 드나드는 모든 사람들에게 알리게. 예외는 없어."

"명심하겠습니다, 대장군."

갑자기 카심의 기세가 날카로워졌다. 카심은 소리 죽여 문으로 다가가더니 손잡이를 확 밀었다. 문밖에는 아무도 없었다.

"분명 인기척이 느껴졌는데……."

그의 전신에서 살기가 감돌았다.

➤

카심과 무스타파의 대화를 엿들은 도제가 공방을 빠져나왔다. 그는 주변을 살피며 뒷문으로 하산의 집에 들어갔다.

"카심의 글라이더에 손을 댄 흔적이 있다? 누구 짓이지?"

하산이 긴 수염을 쓰다듬으며 물었다.

"거기까진 모르겠습니다. 전 실력이 부족해서 용오름 근처에도 못 갑니다."

"알아내."

"옛!"

하산이 던져 주는 돈을 받은 도제는 희희낙락해서 저택을 떠났다.

같은 날 오후에 알리바바가 무스타파의 작업장에 왔다.

"알리바바구나."

"와, 진짜 맹인 맞아요? 아무리 살금살금 와도 소용이 없네. 어떻게 저인 줄 알았어요?"

"네 글라이더가 박살 났다면서?"

"네, 꼬박 1년을 공들였는데 비행 첫날……. 그래도 덕분에 형을 구했지요. 형의 글라이더는 확인해 보셨어요?"

무스타파가 무디게 갈린 톱니바퀴를 보여주었다.

"역시……. 나는 모습이 뭔가 이상하더라고요. 형이 곧 출격할 것 같아서 어제저녁에 와서 점검했을 때만 해도 멀쩡했거든요. 제가 떠난 게 새벽 1시경이고, 형은 6시경에 왔을 거예요. 그러니 범인은 그날 새벽 1시에서 6시 사이에 작업장에 있던 사람이에요. 무스타파는 작업장 2층에서 주무시잖아요. 아무 소리 못 들으셨어요?"

"모르겠구나. 잘 때는 나도 어쩌겠니."

알리바바는 톱니바퀴를 손가락 사이로 굴리며 생각에 잠겼다. 용오름은 바바 무스타파의 작업장에 있는 글라이더 중 가장 복잡한 기체였다. 내부 구조를 잘 알아야 고장도 낼 수 있는 법이었다. 그와 무스타파, 수석 도제인 파하드가 주축이 되어 만들었고 다른 도제 두세 명이 거들었다.

"파하드가 고아라면서요?"

"그렇지. 왜?"

"그냥요. 저도 고아잖아요."

"원 녀석도. 새삼 동질감이라도 생긴 게야?"

"파하드가 무스타파의 도제로 들어온 지 10년이라고 했죠? 어쩌다 거두신 거예요?"

"넌 전쟁의 막바지에 태어나서 모를 게다. 칼리프의 마지막 정복 전쟁이 바로 시완을 삼킨 전쟁이었지. 그 전쟁으로 수많은 아이들이 부모를 잃고 거리를 헤매다 굶어 죽었단다. 파하드는 용케 살아남아 구걸로 연명했지. 오가며 눈에 밟혀 거두었단다."

"올해 스물여섯이고요."

"벌써 그렇게 됐구나."

"결혼은 왜 안 한대요?"

"남 일에 신경 끄고 너나 결혼해라, 이 녀석아!"

무스타파가 지팡이로 알리바바의 머리를 쳤다.

"아얏! 우와, 진짜 귀신이네. 아니 어떻게 딱 머리를 때려요?"

"입이 달린 게 머리지. 껄껄."

무스타파는 웃음을 거두고 진지하게 물었다.

"파하드가 하산의 첩자라고 의심하는 게냐?"

"하산이요?"

"카심 대장군은 하산을 의심하던데……."

"아, 그럴 수도 있겠네요."

"네 녀석 생각은 다른 게야?"

"작업장 열쇠를 가진 사람이 너무 많아요."

알리바바는 말을 돌렸다.

"안 그래도 대장군이 용오름을 지킬 병사를 보낸다더라."

"이런 일이 생겼으니 당연히 그래야죠."

"정말 내 도제로 들어올 생각 없느냐? 재주가 아까워서 그래."

"글라이더를 만드는 게 제일 재밌긴 해요."

알리바바의 첫 직장은 빵집이었다. 그가 반죽해서 구운 빵은 겉은 바삭하고 속은 촉촉해서 손님들이 몰렸다. 제빵사는 알리바바에게 월급을 올려주겠다고 했으나 빵 만드는 데 질린 알리바바는 거절하고 나왔다. 그 뒤 구두 수선공, 그물 짜기, 삼줄 꼬기 등등 여러 일을 전전했다. 알리바바는 새 일을 시작하면 놀라운 집중력을 보이며 일을 익혔고 금방 잘해냈으나 익숙해지면 싫증을 냈고 싫증이 나면 그 일을 그만두었다.

"알리바바, 혹시 여기 있니?"

그때 알리바바의 이웃집 할머니가 작업장으로 들어왔다.

"네, 무슨 일이세요?"

"방적기가 또 말썽이네."

"가서 봐드릴게요."

"그렇게 자꾸 공짜로 일해주다간 네 형에게 한심한 놈소리 듣는 신세 못 면한다."

"무스타파나 잘하세요. 도제에게 다 열쇠를 주는 사람이 어딨어요? 무스타파는 사람을 지나치게 잘 믿어요. 그러다 뒤통수 맞는다고요!"

무스타파는 별소리를 다 듣는다는 듯 크게 웃었다. 알리바바는 할머니와 함께 작업장을 떠났다. 할머니는 오른쪽 무릎 아래가 없어서 목발을 대고 있는지라 알리바바는 보조를 맞춰 천천히 걸었다. 알리바바가 방적기를 고치는 동안 할머니는 묽은 수프를 끓였다.

"따뜻할 때 먹고 가."

"잘 먹을게요!"

할머니의 두툼한 손이 알리바바의 멍 든 관자놀이를 쓸었다.

"카심은 여태 그래?"

"형이요? 늘 바쁘죠."

할머니는 잠시 복잡한 얼굴을 하더니 숟가락을 들었다. 알리바바는 수프를 비우고 일어섰다. 집으로 돌아오는 알리바바의 얼굴이 평소와 달리 심각했다.

비적단의 두목이 그렇게 어린 여자였을 줄이야.

키미아 공주도 열여덟 살이지만…….

형에게 알려줘야겠지? 마주쳤을 때 말하려고 했는데 형이…….

알리바바의 발걸음이 우뚝 멈춰 섰다.

산에서 그와 잠보를 보고도 카심은 조금도 놀라지 않았다. 마치 그들이 거기 있는 줄 알았던 것처럼…….

카심은 우르크의 사절단을 마중 나왔다. 종종 비적들이 출몰하는 곳인 줄 뻔히 아는 카심이 공중에서 일어나는 상황을 놓쳤을 리 없었다.

설마 우리가 있는 줄 알면서 작살을 쏜 걸까?

아니야, 그럴 리 없어!

알리바바는 작은 불씨가 순식간에 짚단을 살라먹듯 빠르게 불어나는 어두운 생각을 몰아냈다.

설령 봤더라도 어쩔 수 없었을 거야. 날 도왔다가는 비적들에게 매복을 들켰을 테니까. 산에서도 나와 잠보가 진즉 피했다고 여겼겠지.

그나저나 누가 형의 글라이더를 건드린 거지?

알리바바는 자기의 새 글라이더를 구상하다 카심의 용오름을 만들었다. 카심의 용오름은 그의 글라이더의 확장형이었다. 무기를 다는 건 무스타파의 도움을 받았으나 용오름의 핵심인 관절을 이어 붙여 움직임을 섬세하게 하는 건 알리바바의 아이디어였다.

형을 공격하던 비적단의 글라이더도 관절형이었어. 움직임도 흡사했고⋯⋯. 왜 왕자를 납치하려 했을까? 몸값을 받아내려고? 아니지. 왕자는 값비싼 선물을 가지고 왔어. 돈을 노렸다면 선물을 훔쳤어야 해. 진짜 파하드가 용오름을 망가뜨렸을까?

파하드가 비적단에 매수되어 첩자 노릇을 하는 모습은 상상하기 어려웠다. 그는 과묵하고 성실한 사람이었다. 돈벌이에 관심을 두지 않고 소박하게 살았다. 하지만 핵심이 되는 톱니바퀴를 선별해 글라이더를 망가뜨릴 수 있는 실력을 갖춘 도제는 파하드뿐이었다.

집에 도착한 알리바바는 목걸이를 꺼내 찬찬히 살폈다. 목걸이 줄에는 장식과 열쇠가 걸려 있었다. 자물쇠가 없으면 열쇠는 의미가 없는지라 알리바바는 돋보기를 꺼내 장식 먼저 꼼꼼히 들여다보았다. 장식은 방패 모양으로 깎은 자수정으로, 중앙에는 백조를 양각했다. 백조의 눈에 분홍빛 보석이 박혀 있었다.

무스타파는 왕족이나 귀족의 글라이더도 만들었다. 그들은 보석으로 글라이더를 치장했다. 덕분에 알리바바도 어깨너머로 보석을 봐왔다.

자수정은 상등품이었고, 분홍빛 보석은 핑크 다이아몬드였다. 가장자리에는 사파이어를 둘렀다.

이게 비적단 두목이 지닐 만한 물건인가? 어디서 훔친 걸 예뻐서 걸고 다니는 걸까?

손에서 미끄러진 목걸이가 바닥으로 떨어졌다. 창문으로 들어온 달빛이 자수정을 비췄고, 자수정이 반사한 달빛이 벽에 일렁이는 문양을 만들었다. 알리바바가 자세히 보려는데 구름이 도로 달을 가리며 문양이 사라졌다.

"흐음……."

➤

두목과 50대 비적은 밤이 이슥해질 때까지 폐광 깊숙이 숨어 있었다. 투락산에는 철과 금, 다이아몬드가 산출되는 광산들이 많았다. 노동 강도에 견주어 광물이 적은 광산은 곧 닫혔는데 이곳도 그중 하나였다. 입구를 그럴 싸하게 막아서 카심의 병사들은 몇 번이나 폐광 앞을 지나면서도 알아채지 못했다.

"슬슬 나가자."

두목이 말했다.

"예!"

50대 비적이 몸을 일으켰다. 두 사람은 병사들을 피해 움직였다.

"횃불입니다!"

앞장서 걷던 50대 비적이 말했다. 산을 수색하는 병사들의 횃불이 점점 가까워져 왔다. 두 사람은 거의 보이지 않는 비좁은 길을 따라 발을 재게 놀렸다. 길 끝에 다다르자 웅장한 기세로 떨어지는 폭포가 앞을 가로막았다. 두 사람은 망설임 없이 폭포 안으로 들어갔다.

"저쪽은 몇 번이나 가봤다니까?"

"카심 대장군이 또 가보라잖아. 특히 폭포 주변을 샅샅이 뒤지라고 했어."

"설마 폭포 뒤에 숨은 건 아니겠지? 얼핏 길 같은 게 하나 있던데……."

다른 병사들이 원망스러운 눈으로 그 병사를 쏘아보았다. 결국 폭포 뒤 운운한 죄로 그 병사가 오솔길을 걸어 폭포로 올랐다. 병사는 겉옷을 벗고 폭포 안으로 들어갔다. 다른 병사들은 무기를 쥐고 지켜보았다. 잠시 후 흠뻑 젖은 채로 다시 나온 병사가 아래쪽을 향해 소리쳤다.

"아무것도 없어. 그냥 절벽이야."

"도대체 어디로 사라진 거야?"

예견된 허탈함을 맞은 병사들이 툴툴대며 돌아섰다.

폭포 안으로 들어간 두목과 50대 비적은 돌출된 바위를 덮고 있던 이끼를 치웠다. 이끼 아래에서 열쇠 구멍이 있는 물방울 모양의 홈이 나타났다. 50대 비적이 열쇠를 넣고 돌리자 바위가 미닫이문처럼 스르륵 열렸다.

비밀 문 뒤로는 넓고 평평하게 닦은 동굴이 이어졌다. 무심코 가슴으로 손을 가져간 두목이 당황해서 품 속을 뒤졌다.

"왜 그러십니까?"

"내 목걸이가 없어! 아까 떨어뜨렸나 봐. 거기 열쇠도 있는데……."

"날이 밝으면 찾아보겠습니다. 염려 마십시오. 놈들은 절대 여길 못 찾습니다."

"그건 알지만……."

이 넓은 투락산에서 목걸이 하나를 어떻게 찾는다는 말인가.

50대 비적이 벽에 걸려 있던 횃불을 집어 불을 밝혔다. 한참을 걷자 빛이 보이기 시작했다. 어느새 날이 밝고 있었다.

"횃불이다!"

"공주님이셔?"

두 사람을 기다리던 이들이 동굴 안으로 뛰어 들어왔다.

"공주님!"

먼저 와 있던 텁석부리, 젊은 비적, 배불뚝이가 외쳤다. 뒤에 있던 사람들이 환호성을 질렀다.

비적단의 두목이자 멸망한 시완의 공주, 모르지아나가 환하게 웃으며 사람들에게 손을 흔들었다.

"무사하셔서 정말 다행입니다."

텁석부리가 팔뚝으로 눈물을 훔쳤다. 모르지아나는 그녀의 신하인 비적들과 백성들에게 둘러싸였다.

"다들 밤새워 날 기다린 거야? 다친 곳 없이 무사히 왔으니 마음 푹 놓아."

모르지아나가 밝은 얼굴로 그들을 위로했다.

동굴 밖은 드넓은 분지였다. 하늘길은 기류가 극도로 불안정해 글라이더나 비행선이 오지 못했고, 지상 길은 폭포 뒤 비밀 문이 유일했다. 덕분에 이제껏 들키지 않고 살아올 수 있었다. 16년 전만 해도 버젓한 국가였으나, 시완의 이름을 이으며 이 분지에 숨어 사는 이들은 1만여 가구가 다였다.

어른, 아이 할 것 없이 모두 집으로 가는 모르지아나의 뒤를 졸졸 따랐다. 모르지아나는 평범한 통나무집 앞에서 멈췄다.

밝은 얼굴로 손을 흔든 모르지아나가 집 안으로 들어갔다. 사람들은 아쉬움 반, 걱정 반으로 집 앞에서 서성였다. 네 비적들이 사람들의 등을 떠밀었다.

"여기서 이러고 있으면 공주님이 편히 쉬시겠어?"

"그만들 가서 자. 잠깐이라도 눈을 붙여야 또 일을 하지."

그 말에 젖먹이 아이를 안고 온 여자가 눈물을 글썽이며 발걸음을 옮겼다.

"가자, 아가야. 공주님이 몸 성히 돌아오셨으니 이젠 걱정할 필요 없다."

"그래, 공주님이 오셨으니 이제 다 괜찮아."

다른 사람들도 맞장구치며 각자 집으로 발걸음을 옮겼다.

모르지아나는 어머니의 방으로 갔다.

"모르지아나."

침대에 누운 어머니가 두 팔을 벌렸다. 모르지아나는 침대 한쪽에 엉덩이를 붙이고 어머니의 품에 상체를 묻었다. 백성들을 대할 때의 의젓한 모습과 달리 어리광을 부리는 태도였다. 어머니가 어린아이를 어르듯 모르지아나의 등을 쓰다듬었다.

"어머니, 왕자를 놓쳤어요. 중요한 협상 카드가 되었을 텐데……. 그런데 아무도 절 탓하지 않고 제가 무사히 왔다는 사실에만 안도해요."

"그게 가장 중요하니까."

"절 믿고 의지하는 사람들을 실망시킬까 봐 두려워요."

"너는 시완의 유일한 공주지. 그렇다고 네가 모든 걸 해야 하는 건 아니야. 왕국은 다 같이 힘을 합해서 일궈나가는 거다."

"하지만 모두 제게 기대고 있는걸요."

"네가 잘하고 있다는 뜻이야. 스스로를 믿으렴."

"목걸이를 잃어버렸어요. 아버지의 유품인데……."

어머니가 모르지아나의 양 뺨을 잡아 올려 눈을 마주
했다.

"목걸이는 목걸이일 뿐이야."

"바탄의 누군가가 목걸이를 발견하고 우리 정체를 알
게 되면 어떡하죠?"

"언젠가는 알려질 일이다. 알려져야 할 일이고. 시완
은 건재하니까. 우린 다시 왕국을 일으킬 거야. 내가 도움
이 되지 못해서 미안하구나."

"그런 말씀 마세요! 어머니가 곁에 계시는 것만으로도
얼마나 큰 힘이 되는데요. 약은 꼬박꼬박 드시죠?"

"시녀가 잘 챙겨주고 있어."

어머니가 자애로운 미소를 지었다.

"그만 자거라, 내 딸. 오늘도 고생했다."

"네, 어머니."

어머니가 모르지아나의 이마에 키스했다. 모르지아나
가 어머니의 방을 나오자 시녀가 욕실로 데려갔다.

"고생하셨어요, 공주님. 아직 어리신데 직접 싸우러
나가시다니……."

모르지아나가 태어날 때부터 지켜봐 온 늙은 시녀의
눈시울이 붉어졌다.

"걱정하지 마. 난 아무렇지도 않은걸!"

당차게 웃어 보인 모르지아나가 따뜻한 물에 몸을 담갔다. 피로가 몰려왔다. 왕자를 놓쳤다. 다음 수를 생각해야 한다. 일단 한숨 자고…….

시녀가 반쯤 졸면서 걷는 그녀를 침대로 인도했다.

"푹 주무세요, 공주님."

➤

아버지가 갓난아기인 모르지아나의 목에 목걸이를 걸어주었다.

"이걸 몸에 잘 지니고 절대 잃어버리지 말거라."

다음 순간 모르지아나는 아버지의 묘 앞에 서 있었다. 모르지아나는 눈을 떴다. 꿈이었다. 아버지가 마지막으로 출전하던 날 갓난아기였던 그녀에게 목걸이를 걸어줬다는 건 어머니에게 들은 이야기였다.

모르지아나는 집을 나섰다. 사람들은 거친 땅에서 감자와 고구마, 옥수수 따위를 키웠고 산에서 나물을 채집하거나 사냥도 했다. 하지만 분지에선 작물이 잘 자라지 않았다. 대부분의 식량은 보물을 팔아서 마련했다. 바탄에서 그들을 돕는 이가 있었다.

분지는 시완의 보물 창고가 있던 곳이라 보물은 충분했다. 비적질을 하는 건 바탄을 고립시키고 약화시키기 위해서였다. 문제는 식량을 마을로 가져오는 데 있었다.

인구가 늘면서 필요한 식량도 많아졌다. 바탄에서는 눈에 불을 켜고 그들을 찾았다. 몰래 식량을 가져오는 일은 갈수록 위험해졌다. 본질적인 해결책을 찾아야 했다.

비지땀을 흘리며 일하던 백성들이 그녀를 보자 허리를 굽혀 인사했다. 아이들이 뛰어와 그녀의 다리에 달라붙었다. 모르지아나는 다정하게 아이들의 머리를 쓰다듬었다.

"걱정했어요, 공주님."

"걱정할 필요 없어. 넌 무럭무럭 크기만 하면 돼."

아이들이 까르르 웃었다.

"공주님 귀찮게 하지 마!"

어른들이 아이들을 데려갔다. 모르지아나는 귀찮지 않다는 뜻으로 미소를 지었다.

그녀의 발걸음이 아버지의 묘 앞에 멈췄다. 나무 비석을 세운 소박한 묘였다.

'함께 싸운 병사들과 똑같이 묻어라.'

그게 아버지의 유언이었다고 들었다. 모르지아나는 오는 길에 꺾어 온 꽃을 아버지의 묘 앞에 놓았다.

"무서워요, 아버지."

모르지아나가 입속말로 중얼거렸다. 뒤에서 인기척이 들렸다. 텁석부리였다. 모르지아나가 생긋 웃었다.

"쉬지 않고서."

"염려 마십시오, 공주님. 반드시 다이아몬드 광산 입구를 찾을 겁니다. 바탄은 재정난을 겪고 있죠. 광산 입구만 찾는다면 협상을 해볼 수 있습니다."

"다른 입구가 정말 있을까?"

왕비가 죽은 뒤 이성을 잃은 바탄의 칼리프는 글라이더로 폭탄을 투하해 시완의 도시를 모조리 파괴했다. 투락산에도 폭탄을 투하했는데 그때 다이아몬드 광산의 입구가 붕괴되었다. 폭탄을 쓰면 입구를 뚫을 수 있지만 그런 요란한 작업을 하는 건 바탄에 자진해서 다이아몬드 광산을 바치는 행위였다.

"당시 제 아버지가 다이아몬드 광산의 시추 기술자였죠. 바탄의 심상찮은 기미를 읽은 칼리프께서 다른 통로를 하나 확보해 두라 지시하셨습니다. 어느 날 잠결에 아버지가 어머니에게 공사를 마쳤다고 이야기하는 소리를 들었습니다. 어떤 폭탄이 떨어져도 안전하게 만들었다고요. 허락하신다면 제가 바람굴을 통해 내려가 찾겠습니다."

"안 돼! 입구를 찾으러 바람굴에 들어갔던 사람들은 다 죽었어. 다른 방법이 있을 거야."

투락산에는 수직 동굴이 많았다. 그걸 바람굴이라고 했다. 다이아몬드 광산에도 그런 바람굴이 하나 있었다. 깊이는 1킬로미터 정도로 추정했다. 글라이더 비행술에 일가견이 있는 많은 이들이 바람굴로 들어가 다이아몬드 광산에 접근하려 했으나 아무도 돌아오지 못했다. 7년 전 마지막으로 시도했던 이는 그녀의 글라이더 스승이었다. 반드시 돌아오겠다는 약조는 바람에 날려 사라졌다.

모르지아나의 눈이 금속 장갑을 낀 자신의 오른손으

로 향했다. 어쩌면, 나라면······.

"공주가 할 일이 아닙니다."

그녀의 마음을 읽은 텁석부리가 말했다. 모르지아나
의 시선이 먼 곳으로 옮겨갔다. 그녀는 멸망한 왕국을 일
으켜야 하는 계승자로 아무리 위험해도 직접 행해야 하는
일이 있었다. 동시에 유일한 계승자로서 스스로의 안녕을
지켜야 했다. 모순된 두 전제 사이에 회색지대가 존재하나,
바람굴 탐사는 그녀가 감당해서는 안 되는 위험이었다.

아이들이 소리를 지르며 뛰어노는 소리가 들려왔다. 모
르지아나의 어깨에 힘이 들어가고 눈동자에 결의가 찼다.

"다른 방법이 있을 거야. 내가 반드시 찾아."

➢

키미아는 어머니의 호화로운 묘지를 해체하는 작업
에 들어갔다. 대리석으로 만든 성에 보석으로 장식한 수
백 개의 창문이 달린, 마을 스무 개 넓이의 정원이 조성된
곳이었다. 하산이 묘지의 땅을 사겠다고 했지만 키미아는
딱 잘라 거절했다. 키미아는 공사 현장을 직접 감독했으
며 종종 마무드를 대동했다.

"키미아가 마무드 왕자를 옆에 끼고 지내요."

두반이 불만을 표출했다.

"쯧, 어찌 이리 보는 눈이 없어? 그러니 키미아의 마음

을 못 잡지."

하산이 나무랐다.

"제가 뭘요?"

"키미아는 왕자에게 털끝만큼도 마음이 없어. 무릇 젊은 연인들이라면 있을 법한 달콤한 기류가 전혀 보이지 않는단 말이다. 키미아는 그저 너와 카심이 있던 저울에 마무드까지 올려서 재고 있을 뿐이야."

"카심이 비적들의 소굴을 찾으려고 투락산을 이 잡듯 뒤지고 있어요. 빨리 출전해야 하는 거 아니에요?"

"다른 지역에 숨겨둔 5000명의 사병들이 오려면 시간이 걸려. 왕비의 묘를 해체해서 군자금을 마련할 때까지 공주가 기다리라고 하니 마침 잘된 일이야."

"그러다 카심이 비적들의 소굴을 찾으면요?"

"4년 동안 못 찾았는데 이제 와서 찾을까."

"우리는 찾을 수 있을까요?"

"안 찾아도 돼."

"예?"

"투락산에는 산출량이 어마어마한 다이아몬드 광산이 있어. 칼리프가 시완을 친 진짜 이유였지. 우린 비적을 찾는다는 핑계로 산을 수색해서 광산을 찾는다."

"무려 5000명이에요. 공주가 알게 될 겁니다. 자칫 반란으로 몰릴 수 있어요."

"나도 만일의 사태를 대비해 사병을 키웠을 뿐 절대 꺼내고 싶지 않았다. 이게 다 마무드 때문이야. 그놈만 오지 않았어도……. 승부수를 띄울 때다. 사병을 써서라도 다이아몬드 광산을 찾아야 해. 광산을 찾아 왕실의 재정난을 해결해 주면, 키미아는 너와 결혼할 수밖에 없어. 알겠냐?"

"예, 아버지!"

두반의 눈이 흉포하게 이글거렸다. 오래전 키미아에게 첫눈에 반했던 두반은 값비싼 선물을 바치며 애절하게 구애했다. 하지만 키미아는 굳게 빗장을 건 채 어떠한 여지도 주지 않았다. 이제 사랑은 증오로 바뀌었다. 오만한 공주가 어쩔 수 없이 자기와 결혼하고 칼리프 자리를 내줄 수밖에 없다고 생각하자 두반의 전신에 희열이 감돌았다.

➢

먼지 날리는 공사 현장을 둘러보는 건 고역이었으나 마무드는 시종일관 웃는 얼굴로 키미아의 곁을 지켰다. 별채로 돌아오니 코지아가 기다리고 있었다.

"키미아와는 진척이 있습니까?"

코지아가 거짓이나 허세는 용납하지 않겠다는 엄격한 기세로 물었다.

"키미아 공주가…… 어쨌든 꽃이 필요하다면 가장 아름다운 꽃이 낫겠다고 하더군."

"왕자는 그게 무슨 뜻 같습니까?"

"카심은 능력은 뛰어나지만 재산과 세력이 부족해서

재정난에 시달리는 바탄에 힘이 되지 못해. 두반과 결혼하면 하산이 바탄을 좌지우지하게 될 거고. 그러니 내가 개중 낫다는 거겠지."

"좋습니다. 상황을 보는 눈이 한결 나아지셨군요."

코지아의 입가에 흡족한 웃음이 걸렸다.

"그런데……."

마무드는 한참을 주저하다 뒷말을 이었다.

"꽃이 뭘 할 수 있느냐고 묻더군."

마무드의 고개가 무력하게 떨어졌다.

"이런, 역시 만만한 여자가 아니군요. 왕자도 무언가 능력을 보이라는 말인데……. 예물 이야기는 해보셨습니까? 왕자와 결혼하면 우르크에서 상당한 예물을 보낼 겁니다. 하산에게 진 빚을 갚는다면 국정에 대한 하산의 영향력도 줄어들겠죠."

"해봤어. 그런데 하산이 더 부유해지면 곤란하다고……. 공주는 하산이 몰래 사병을 키우는 건 아닌지 의심하고 있어."

"칼리프는 병든 지 오래인 데다 어린 공주가 국정을 맡고 있으니 부유한 재상이라면 전복을 노릴 법하지요. 하지만 바탄의 백성들이 받아들이지 않을 겁니다. 키미아는 백성들의 절대적인 지지를 받고 있어요. 국정을 맡은 뒤 왕실의 지출은 대폭 감소했고, 무리하게 추진하던 공사도 모두 중단시켰습니다. 왕비의 묘를 해체하면서 백성들에게 일자리를 주고 있으며, 정원의 반을 논밭으로 내

주겠다고 약속했죠. 키미아를 밀어내고 억지로 왕좌를 차지하면 백성들이 반발할 겁니다. 자칫 반란이 일어날 수도 있어요. 특히 하산은 왕이 호화로운 궁궐을 짓도록 부추긴지라 백성들의 원성을 한 몸에 받는 자지요."

"하산은 바탄의 위험 요소야."

"그래요, 왕자가 공주와 결혼한 뒤에도 하산은 골칫거리일 겁니다. 그자를 제거할 방법을 찾아보지요."

코지아가 턱을 주억거렸다.

➤

알리바바는 매일 공방으로 가서 무스타파를 도와 용오름을 수리했다. 밤늦게야 불 꺼진 집으로 돌아갔으며 아침 일찍 아무도 없는 집을 나왔다. 마무드 왕자가 바탄에 온 뒤로 카심의 코빼기도 보지 못했다. 카심은 알리바바보다 일찍, 아직 골목에 어스름이 깔려 있을 때 나가서 한 치 앞도 보이지 않는 한밤중에야 돌아왔다. 두반의 출병 전에 어떻게든 비적들의 소굴을 찾으려는 것이었다.

공구를 쥔 알리바바의 눈에서 초점이 사라졌다. 손은 수리를 하면서도 머리는 자꾸 다른 곳을 떠돌았다.

자잘한 비적들은 언제나 있었다. 하지만 조직력을 갖추고 바탄을 괴롭히기 시작한 정체 모를 비적들은 4년 전부터 나타났다.

도대체 비적들은 어디서 오는 거지? 놈들의 본거지는

투락산이 확실해. 그러지 않고서야 그렇게 순식간에 왔다가 귀신같이 사라질 수는 없지. 지난 4년간 형이 병사들을 이끌고 몇 번이나 투락산을 수색했는데도 놈들의 본거지를 못 찾았어. 아무리 투락산이 험하다지만 한두 기도 아니고, 그 많은 글라이더를 숨기려면 제법 넓은 곳이 필요할 텐데…….

인간은 수천 년 전부터 집에 담장을 둘렀고, 담장을 발전시켜 성벽을 만들었다. 하지만 글라이더와 비행선을 만든 건 100년도 채 되지 않았다. 인간은 날 수 없다고 생각했기 때문이었다. 할 수 없다고 단정 지으면 가능성 자체를 보지 않게 된다.

"알리바바, 나머지는 내가 하마. 작업 중에 생각이 딴데 가 있으면 다친다."

"아, 네, 무스타파."

알리바바가 갑자기 무언가 깨달은 얼굴로 벌떡 일어섰다.

"어딜 가냐?"

대꾸할 새도 없이 공방을 나간 알리바바는 예전에 쓰던 창고로 달려갔다. 그간 만들었던 글라이더들이 쌓여 있었다. 알리바바는 창고 깊은 곳에서 천 글라이더를 찾았다. 금속 뼈대에 질긴 천을 입혀 만든 글라이더로, 뼈대에 벨트로 몸을 고정한 뒤 연처럼 바람의 힘으로만 날았다. 양어깨에 달린 작은 프로펠러는 방향 선회를 거드는 정도였다. 바람이 불지 않는 날은 타기 어렵다는 단점이 있지만 조종사의 실력만 받쳐주면 금속 글라이더 이상의 성능을 발휘했다. 알리바바는 글라이더를 접어 등에 메고 성벽으로 향했다.

투락산에는 바람이 불안정해 글라이더나 비행선이 접근하지 못하는 곳이 있었다. 마치 존재하지 않는 곳처럼, 모두가 그곳은 피해서 날았다.

알리바바는 처음 글라이더를 탄 아홉 살 이래 수없이 도전했으나 매번 실패했다. 어떤 일이든 곧잘 해내던 그에게 유일하게 실패를 안긴 곳이었다. 금세 싫증이 난 다른 일과 달리 계속 글라이더 제작을 붙들게 한 원동력이기도 했다. 마지막으로 도전했을 때는 잘못 추락해 목이 부러질 뻔했다. 그게 3년 전이었다. 지난 3년간 알리바바는 글라이더를 개량하면서 수없이 시험 비행을 했다. 언제나 마음속 목표는 이 분지의 바람을 정복하는 것이었다. 어쩌면 초심으로 돌아가는 게 답일지도 몰랐다. 그는 성벽에 있는 활주로를 따라 달음박질쳤다. 글라이더가 하늘로 솟았다.

분지가 가까워질수록 지휘관을 잃고 우왕좌왕하는 병사들처럼 바람의 방향이 종잡을 수 없어졌다. 알리바바는 솔개에게 낚아 채인 비둘기처럼, 벨트에 붙들려 있을 뿐 글라이더를 전혀 제어하지 못했다.

방법이 있을 거야!

무스타파는 손으로 기체를 더듬는 것만으로 조립이 잘되었는지, 문제가 있는지, 문제가 있다면 어디인지 귀신같이 알아챘다. 알리바바는 눈을 감았다. 앞이 보이지 않자 오히려 감각이 더 예민해지는 기분이 들었다. 애초에 눈으로 길을 기억해 찾아가는 골목길이 아니었다.

바람에 휩쓸리면 목적지에서 벗어난다. 그렇다고 무작정 저항하면 힘만 빠질 뿐 전진하지 못한다. 바람과 바람 사이의 틈, 그를 목적지로 안내해 줄 미세한 바람을 찾아야 했다. 잘 가고 있다고 안도한 순간 갑작스레 바람이 성난 황소처럼 돌진하며 균형을 흐트러뜨렸다. 알리바바는 손에 피가 통하지 않을 만큼 글라이더를 단단히 쥐었다. 이러다 날개가 찢어질 것 같았다. 균형을 잡아야 해, 균형을……!

알리바바는 바람의 거부에 밀려 몇 번이나 분지 밖으로 쫓겨났다. 그때마다 되돌아오며 그는 단 한 순간도 포기할 생각은 하지 않았다. 그는 글라이더와 자신의 비행술을 믿었다. 처음으로 직접 만든 글라이더이자 가장 많이 탄 글라이더였다. 셀 수 없이 도전했던 분지였다.

힘들어서 땅만 보며 걷다 정신 차려보니 어느새 정상인 것처럼, 한순간에 바람이 온화해졌다. 알리바바는 실눈을 떴다. 청명한 하늘이 모습을 드러냈다. 아래에는 분지가 펼쳐져 있었다. 알리바바는 환호성을 질렀다. 어린 시절 한없이 넓어 보이던 광장이 자라서 가보면 좁은 공터인 것처럼, 지난 3년간 갈고닦아 온 비행 실력이 분지의 바람을 극복하게 해준 것이다. 그는 천천히 선회하며 고도를 낮췄다.

지상에는 밭과 마을이 있었다. 비적들의 소굴이라기에는 한가롭고 따뜻한 보통 마을의 풍경이었다. 알리바바는 일단 마을을 피해서 착륙했다.

　　글라이더를 풀숲에 숨긴 알리바바는 살금살금 마을로 접근했다. 어른들은 밭에서 일을 하고 있었고 아이들은 잠자리나 나비를 쫓으며 놀고 있었다.

　　비적들의 가족인가……. 그래도 비적은 비적이야. 형을 죽이려고 했어.

　　알리바바는 건물 벽에 바짝 붙어 움직였다. 비적들의 마을이라는 증거가 어딘가에 있을 것이다.

　　마을을 지키는 경비가 보이지 않았다. 누가 여기까지 오리라는 생각을 아예 못 하고 있는 것 같았다.

　　하긴, 나도 운이 따라준 거지. 다시 오라면 또 올 수 있을지……. 그렇다는 건, 어딘가에 숨겨진 출입구가 있다는 거야.

　　알리바바는 주의 깊게 마을을 수색했다. 한두 번 들킬 뻔도 했지만 용케 담장 뒤에 숨거나 바닥에 납작 엎드려서 시선을 피했다. 그러다 창고처럼 보이는 벽돌 건물을 발견했다. 문은 커다란 자물쇠로 잠겨 있었다. 목걸이에 달린 열쇠를 꺼내 봤지만 크기와 형태가 맞지 않았다.

　　창고 열쇠가 아니었군.

　　알리바바는 바지 주머니에서 얇은 드라이버를 꺼내 잠시 씨름한 끝에 자물쇠를 땄다.

　　자물쇠 형태도 단순하고, 별거 없는 창고인가…….

문을 살짝 열고 들어간 알리바바의 입이 하마처럼 벌어졌다. 금촛대, 은촛대, 비단, 보석으로 장식한 허리띠와 술잔, 상자에서 흘러넘치는 금화들이 그의 키를 넘어 산처럼 쌓여 있었다. 눈으로 보면서도 믿기지 않는 광경이었다. 그는 조심스럽게 보물들을 살폈다.

그중 대어를 낚은 그물 문장이 새겨진 상자가 알리바바의 눈길을 끌었다. 하산의 문장이었다. 알리바바는 상자를 열었다. 목걸이와 반지, 귀걸이 세트가 들어 있었다. 작년에 하산이 키미아 공주의 생일 선물로 구해 오다 비적들에게 빼앗긴 장신구였다. 이 장신구를 그린 수배지가 바탄 전역에 뿌려졌었다.

"하, 이놈들 짓이었군."

알리바바는 반지만 바지 주머니에 넣었다. 그러고는 밖으로 나와 도로 문을 잠그는데 인기척이 느껴졌다. 그는 다람쥐처럼 벽을 타고 지붕 위로 올라가 숨었다. 쇠스랑을 든 두 중년 여자가 창고로 다가오고 있었다.

"무슨 소리 나지 않았어?"

"아니?"

"뭔가 들렸는데……."

먼저 말한 여자가 찜찜한 얼굴로 주변을 둘러보다 창고 위로 시선을 돌렸다. 직박구리 한 마리가 푸드덕거리며 날아올랐다. 눈으로 새의 꽁무니를 좇던 여자들이 다시 발을 움직였다.

두 여자가 사라진 뒤 알리바바는 지붕에서 내려왔다.

멀리서 농기구를 든 사람들이 마을로 걸어오는 모습이 보였다.

어느새 해가 뉘엿해지고 있었다. 사람들이 점차 가까워졌다. 7할 이상이 여자였고 나이 든 남자는 드물었다. 알리바바는 사람들을 피해 산으로 달렸다.

"헉!"

알리바바는 숨을 들이켜며 발을 멈췄다. 나무 묘비들이 끝없이 늘어서 있었다. 저무는 해가 묘비들의 그림자를 길게 드리워 거대한 한 몸처럼 만들었다. 석양이 만든 핏빛 속에서 알리바바는 장엄한 슬픔에 사로잡혔다. 그중에는 갓 딴 꽃이 놓인 묘도 있었다. 잠시 그 묘에 시선을 두던 알리바바는 발걸음을 빨리해 묘지를 빠져나왔다.

여긴 도대체 뭐 하는 곳이지?

알리바바는 글라이더를 숨겨둔 곳에 도착했다. 하지만 근처에 글라이더를 띄울 만한 활주로가 없었다. 알리바바는 글라이더를 등에 메고 주변을 살폈다. 사람들이 오가며 만들어진 숲길이 보였다. 마을에서 멀어지는 방향으로 걷다 보니 동굴이 나왔다. 그를 향해 오는 여자들의 말소리가 들렸다.

"동굴 입구를 지킬 필요가 있을까?"

"공주님이 목걸이를 잃어버린 게 불안하다며 지키라서."

"그럼 지켜야지."

달리 숨을 곳이 없어서 알리바바는 동굴 안으로 들어갔다. 오도 가도 못할 곳에서 잡히는 건 아닌지 모골이 송연해졌다. 다행히 여자들은 동굴 안까지 들어오지는 않았다.

넓게 잘 닦아놨어. 글라이더 활주로다! 끝에 출구가 있을 거야.

알리바바는 정신없이 달렸다. 하지만 동굴 끝은 막혀 있었고 문 같은 건 보이지 않았다.

문득 아까 들은 여자들의 목소리가 떠올랐다.

'공주님이 목걸이를 잃어버린 게 불안하다며 지키래.'

혹시…….

알리바바는 비적단 두목의 목걸이에서 열쇠를 빼냈다. 그리고 어둠 속에서 손을 눈 삼아 동굴 구석구석을 더듬었다. 한참을 그러자 무언가 인공적인 게 만져졌다. 어둠에 익은 눈에 열쇠 구멍이 보였다. 열쇠를 넣고 돌리자 동굴 벽이 움직였다. 곧 귀가 먹먹해지는 폭포 소리와 함께 물방울이 소나기처럼 거세게 쏟아졌다. 밖으로 나오자 거짓말처럼 문이 닫혔다. 알리바바는 몇 번이나 벽을 확인했다. 평범한 돌벽이었다. 방금 저기서 나와놓고도 꿈을 꾼 것 같았다. 알리바바는 필사적으로 바위를 더듬었다. 이끼 무더기가 밀리며 움직였다. 이끼가 치워진 곳에 홈이 파여 있었다. 알리바바가 열쇠를 넣어 돌리니 바위가 움직이며 동굴이 드러났다.

"이거였군!"

알리바바는 호쾌하게 웃음을 터뜨렸다.

2부

하누아로 돌아온 알리바바는 곧바로 잠보의 집으로 갔다.

　"네 말대로 파하드가 수상하더라고."

　잠보가 말했다. 잠보는 알리바바의 부탁으로 파하드를 미행해 왔다.

　"요 며칠 사이 투락산에 두 번이나 갔는데, 한 번은 놓쳤고, 다음에는 더 쫓아가다가는 눈치챌 것 같아서 도중에 멈췄어."

　"잘했어, 매사에 조심하는 게 좋아."

　"파하드가 비적단과 한패일까? 근데 그래서 파하드가 얻는 게 뭐지?"

　혼자 무언가를 생각하던 알리바바가 일어섰다.

　"미행은 그만둬. 들켰다가는 네가 위험해질 거야."

　"너도 조심해."

"그래, 간다!"

집에 돌아온 알리바바는 카심의 방문을 열었다. 늘 깔끔하던 방이 어수선했다. 정신없이 옷만 갈아입고 나간 모양이었다.

"잠을 자긴 자는지……."

알리바바는 반지를 식탁 위에 두고 방으로 가서 글라이더 설계도를 펼쳤다. 글라이더가 무거우면 분지 위의 복잡한 바람을 타기 어려웠다. 그렇다고 가벼우면 낙엽처럼 바람에 휩쓸릴 뿐 뜻대로 움직일 수 없었다. 날개를 섬세하게 조종할 수 있도록 살을 추가하고, 몸체를 무겁게 해서 중심을 잡으면…….

그때 방문을 걷어차며 카심이 들어왔다. 알리바바가 부모를 죽인 원수라도 되는 양 카심의 전신에서 살기가 이글거렸다. 수면 부족과 강행군으로 눈의 실핏줄이 다 터져 벌건 눈이 안 그래도 사나운 인상을 더 무시무시하게 만들었다.

"모처럼 일찍 왔네?"

카심은 쓸데없는 말을 섞지 않겠다는 듯 손을 내밀었다. 알리바바가 비적들의 소굴에서 가져온 반지가 손바닥 위에 올려져 있었다. 잠시 반지를 보던 알리바바가 입을 열었다.

"투락산 폭포 부근에서 주웠어."

그 말이 끝나자마자 알리바바는 바닥을 나뒹굴었다. 그는 무슨 일인지 영문을 몰랐다. 알리바바의 멱살을 잡아 일으킨 카심이 그를 벽에 던졌다. 알리바바는 단단한 벽에 몸통을 박고 쓰러졌다. 카심이 군홧발로 그를 밟기 시작했다.

"무슨 짓이야? 왜 이래?"

반항 한번 못 하고 얻어맞던 알리바바가 간신히 소리쳤다.

"그 근방을 몇 번이나 수색했는데, 매번 허탕이었어. 그런데 뭐? 주웠다고? 난 하루에 두세 시간을 겨우 자며 산을 헤매도 놈들의 코빼기도 못 찾는데 너는 주워? 네놈은 게을러빠진 주제에 운만 좋아. 좋아도 너무 좋아! 운이 실력인 양 착각하고 우쭐대는 아무짝에도 쓸모없는 놈인데, 부모님도 끝까지 네놈 걱정뿐이었지. 나도 그때 고작해야 열세 살이었는데……. 감기 한 번 안 걸리고 자라더니, 그 공격 속에서도 살아 돌아와?"

카심은 알리바바를 잡아 일으키려 손을 뻗었다. 당장 반지를 주운 곳으로 끌고 가서 근처를 샅샅이 수색할 참이었다. 예기치 못한 폭력에 혼이 나간 알리바바는 카심이 또 치려는 줄 알았다. 여기서 한 대라도 더 맞으면 진짜로 죽을 것 같았다. 알리바바는 카심의 다리 사이로 몸을 날렸다. 카심이 알리바바의 옷자락을 쥐었다. 알리바바는 팔을 들어 옷에서 빠져나와 집 밖으로 도망쳤다.

"이리 못 와?"

카심이 뒤따라오며 으르렁거렸다. 알리바바는 비좁은 골목길로 달려가 거리의 쓰레기통 속에 몸을 구겨 넣었다.

"어딨어, 알리바바? 알리바바! 두반이 내일 병사들을 끌고 산으로 간단 말이다!"

카심이 집행을 목전에 둔 사형수처럼 울부짖었다.

알리바바는 와들와들 떨리는 다리를 가슴에 붙이고 두 팔로 꼭 끌어안았다. 카심의 목소리가 멀어졌다. 알리바바는 쓰레기통에서 나와 무작정 뛰었다. 기억에도 없는 두 살 무렵 하누아로 와서 이 골목에서 자란지라 눈을 감고도 다니던 길이 오늘은 한 발짝만 잘못 들어도 영원히 같은 자리에서 맴돌게 될 저주받은 미로처럼 느껴졌다.

알리바바를 놓친 카심은 성난 발걸음으로 집으로 돌아왔다. 그는 알리바바의 방으로 들어가 침대를 뒤집고 서랍을 모두 꺼내 내동댕이쳤다. 목걸이가 바닥에서 튀었다. 카심은 목걸이를 집었다.

시완의 문장이잖아? 이게 왜 알리바바에게……!

자수정에 사파이어로 장식한 문장이라면 왕족의 물건이 분명했다. 장식 옆에는 열쇠도 하나 걸려 있었다. 정답을 가지고 문제를 유추하라는 요구를 받은 것 같았다. 수면 부족과 스트레스로 인해 무거운 머리에 수많은 질문이 바늘처럼 꽂혔다. 그는 손바닥으로 거칠게 얼굴을 비볐다.

이것도 주웠나? 시완의 문장과 하산의 반지를 둘 다 줍는다? 아냐, 우연이라기엔 과하지. 알리바바는 거짓말을 하지 않아. 설사 거짓말을 했다 해도…….

알리바바는 그가 일찍 올 줄 몰랐다. 급하게 만든 거짓말에는 사실이 섞이기 마련이었다. 그의 시선에 한쪽에

세워진 알리바바의 글라이더가 잡혔다. 탄 지 얼마 되지 않은 것 같았다.

폭포 너머에는 비행선과 글라이더들이 기피하는 분지가 있었다. 몇 년 전까지만 해도 알리바바는 그 분지의 바람을 정복하겠다고 설치다 다쳐서 돌아오곤 했다. 결국 포기한 것 같았지만 여전히 글라이더를 만드는 일에 몰두하며 난생처음 한 가지 일에 끈기를 보이고 있었다.

기어코 분지를 넘는 데 성공한 건가? 거기서 비적들의 본거지를 발견해 놓고 주웠다는 둥 의뭉을 떨었을까? 알리바바라면 충분히 가능한 일이었다. 모자란 놈.

인정하기 싫지만 알리바바가 바람을 타는 솜씨는 일류였다. 그가 데리고 있는 어떤 병사도, 아니 그도 알리바바만큼 바람을 타지 못했다. 분지의 바람은 그 알리바바조차 정복하지 못했다. 그러니 분지에 비적들의 소굴이 진짜 있다 해도 글라이더로 오가지는 않을 것이다.

어딘가에 숨겨진 통로가 있는 게 아니라면……!

무스타파가 자다 깬 얼굴로 계단을 내려왔다.

"알리바바냐?"

"아, 무스타파……. 제가 깨웠나요? 조용히 들어오려고 했는데……."

"다쳤구나. 이리 오너라."

무스타파가 서랍에서 약상자를 꺼냈다. 그는 알리바바의 상처를 씻기고 약을 발랐다.

"어떻게 바로 다친 곳을 씻기세요?"

"피 냄새가 나니까. 다행히 부러진 데는 없구나. 여긴 꿰매야겠다."

그는 알리바바의 찢어진 이마를 손끝으로 훑었다.

"아파요!"

"움직이지 마. 흉터가 크게 남는다."

흉터…….

비적 두목의 이마에도 흉터가 있었다.

"많이 해본 솜씨네요."

"공구를 다루고, 글라이더를 타다 보면 다치는 사람들이 생기기 마련이지."

바늘과 실을 꺼내 소독한 무스타파가 알리바바의 머리를 자기에게 가까이 붙였다.

"키미아 공주가 마무드 왕자와 매일 아침 식사를 함께 하고 있어. 두반은 사병까지 동원해서 비적들의 소굴을 찾으려 하고."

"와, 자세히 아시네요."

"내 작업장에는 귀족들이 많이 오잖니. 귀동냥으로 듣는 게 있지."

"저도 자주 오는데 왜 못 들을까요?"

"넌 늘 생각이 다른 데 가 있잖니. 나처럼 귀가 밝지도 않고. 이래저래 네 형은 지금 똥줄이 탈 게다."

알리바바의 입 안이 바싹 말라붙었다.

"저는 어쩌다 다쳤는지 말 안 했는데요."

"이 지경으로 맞고도 형을 감싸고 싶으냐?"

무스타파가 툭 던진 작은 타박이 알리바바에게 숨겨진 문을 여는 열쇠처럼 작동했다. 열린 문을 통해 전에는 몰랐던 진실들이 들어왔다. 잠보도, 이웃들도 수차례 알리바바에게 비슷한 말을 했었다.

어릴 때는 카심에게 밥 먹듯이 맞았다. 알리바바는 부모 없이 자라는 자기가 엇나가지 않도록 형이 엄하게 가르치는 거라고 넘겨짚어 왔다. 이번에도 카심이 극심한 압박에 시달리다가 홧김에 자신에게 분출해 버렸다고 믿고 싶었다.

'감기 한 번 안 걸리고 자라더니, 그 공격 속에서도 살아 돌아와?'

그 공격? 그 공격이라는 게 도대체 뭐지?

우르크의 글라이더가 그와 잠보가 탄 글라이더를 공격한 것? 아니면 바탄의 글라이더에서 쏟아졌던 작살? 형이 대장군으로 현장에 있었다. 지휘관의 명령 없이 발사할 리는 없으니…….

알리바바는 어금니를 맞물었다.

"알리바바?"

무스타파가 심상치 않은 느낌을 받고 그를 불렀다. 알리바바는 그를 갈가리 찢어놓는 진실에서 빠져나오기 위해 다른 의문을 따라갔다.

"형은 돈과 권력을 원해요. 많은 사람들이 그렇죠. 하산은 왕실을 능가하는 부자지만, 더 큰 권력을 손에 넣고 싶어서 아들을 공주와 결혼시키려고 하잖아요."

"그렇지."

"돈이나 권력 말고 사람을 움직이게 하는 힘이 뭘까요? 목숨을 걸고서라도 말이에요."

"글쎄다…… 신념?"

"신념이요?"

"신념을 위해서라면 목숨을 걸 수 있지. 모르는 사람들이 보기엔 악랄한 짓이라도 기꺼이 할 수 있고말고."

"흐음……."

알리바바는 품속을 뒤졌다.

"어?"

비적 두목의 목걸이가 없었다. 알리바바는 목걸이를 서랍 안에 두었던 걸 기억해 냈다.

"제가 산에서 특이한 목걸이를 주웠는데요. 방패에 백조를 양각한 장식이 달려 있었어요."

"방패와 백조라……. 시완 왕가의 문장이군."

"시완은 오래전에 멸망하지 않았어요?"

"그래, 올해로 꼭 16년이 되었구나. 당시 나도 참전했었지."

"징집될 나이가 아니었는데요?"

"나이를 따질 때가 아니었어. 젊은이들만이 아니라 아이, 노인 가릴 것 없이 무기를 쥘 수 있는 사람들은 다 전장에 나갔지. 심지어 여자들도 바지를 입고 무기를 쥐었어. 모든 게 걸린 싸움이었으니……."

"눈도 그때 다치신 거예요?"

"폭발형 작살 파편에 당했지."

무스타파의 고개는 목소리가 들리는 곳인 알리바바의 얼굴 쪽을 향했지만 눈동자는 어디에도 고정되지 않은 채 흔들렸다.

"바탄의 칼리프는 시완을 정복하느라 병든 왕비의 옆에 있어주지 못했고, 그가 시완을 차지하고 돌아갔을 때 왕비는 차가운 주검이 되어 있었다. 슬픔과 절망에 빠진 칼리프는 모든 걸 시완의 탓으로 돌리고 시완의 전 도시에 폭탄을 투하해서 폐허로 만들었어. 시완을 짓밟고, 수십만 명의 사람을 죽인 걸 기념하겠다고 파사를 새로 건축해서 죽은 왕비의 이름을 따 하누아라 짓고 천도했지."

"파사요?"

"하누아의 원래 이름은 파사란다. 지금은 파사였을 때의 모습은 벽돌 하나 남아 있지 않지만……."

"아……."

"아직 저녁도 안 먹었구나. 배에서 꼬르륵 소리가 난다."

무스타파가 수프를 데워 왔다. 수프 냄새를 맡자 잊고 있던 허기가 몰려왔다. 알리바바는 수프를 마셨다.

"시완의 왕족은 어떻게 되었나요?"

"칼리프는 최후의 전투에서 전사했고, 왕비는 갓 태어난 딸을 데리고 도망쳤지. 바탄의 칼리프가 병사들을 풀어 투락산을 이 잡듯이 뒤졌지만 끝내 찾지 못했어."

"파하드가 전쟁고아라고 하지 않으셨어요?"

"그랬지."

"비적들에게도 가족이 있겠죠?"

"음?"

알리바바의 얼굴이 어두워졌다. 형이 서랍에서 열쇠를 발견한다면, 그리고 비밀 폭포 뒤에서 통로를 찾는다면……. 병사들을 데려가겠지? 마을에 어린아이들도 있었는데…….

"공주의 목걸이 말고 또 뭘 발견했니? 카심은 놓친 걸 넌 찾았겠지. 그래서 화가 난 카심이 널 때린 거지? 목걸이와 열쇠는 어디에 두었어? 벌써 카심에게 넘겼느냐?"

"서랍 안에 넣어둔 것 같……."

불현듯 이상한 기분이 든 알리바바가 말을 멈췄다. 그는 의혹을 담은 눈으로 무스타파를 바라보았다.

"제가 주운 게 공주의 목걸이라는 걸 어떻게 아세요? 그리고 전 열쇠에 대해서는 한마디도 안 했는데……."

알리바바는 순간 어지럼증이 일어 손으로 이마를 짚다가 팔꿈치로 수프 그릇을 쳤다. 수프 그릇이 바닥에 떨어지는 소리가 먼 데서 울리는 종소리처럼 아득하게 들렸다. 초점이 흔들리며 무스타파가 두세 명으로 보였다.

"하산의 반지를 훔쳐 간 게 너였구나."

무스타파가 처음 듣는 낮고 감정이 실리지 않은 목소리로 말했다. 알리바바의 솜털이 쭈뼛 섰다.

"넌 좋은 아이야, 알리바바. 널 다치게 하고 싶지 않았는데……."

무스타파의 얼굴이 차츰 흐릿해졌다.

폭포에 도착한 카심은 전신을 후려치는 물살을 뚫고 안으로 들어갔다. 미끌미끌한 절벽이 앞을 가로막았다.

바탄이 시완 정복을 시작했을 때 카심은 열 살이었다. 아버지는 징집되어 갔다가 전사했고, 어머니는 몇 해 뒤 병들어 죽었다. 졸지에 고아가 된 그는 당장 끼니마저 막막해졌다. 그런데 별 볼 일 없던 동네 형들이 적을 몇 명 죽였다는 이유로 진급해서 부하를 거느리고, 거들먹거리며 다니는 걸 보았다.

몇 번이나 군대에 들어오라고 했지만 알리바바는 싸우는 게 싫다며 끝내 거부했다. 아버지가 집을 떠나며 했던 말과 똑같았다. 난 무기가 싫다. 싸우는 게 싫어. 알리바바는 겁쟁이의 피를 물려받았지만 그는 아니었다.

난 아버지와 달라. 열세 살에 고아가 되어 군대에서 받아주는 열다섯 살이 될 때까지 안 해본 일이 없어. 세상은 어린아이라고 해서 자비를 베풀지 않아. 나는 남의 집 쓰레기통을 뒤져서 썩은 감자를 집어 먹으며 악착같이 살아남았고, 피나는 노력 끝에 대장군까지 올랐어. 비적들의 소굴만 찾는다면 공주와 결혼해서 칼리프가 되는 거야!

동굴 벽을 훑다가 손바닥이 찢어지며 짙푸른 이끼를 검붉게 물들였으나 통증조차 느끼지 못했다. 그러나 몽둥이찜질처럼 온몸을 강타하는 물줄기 속에서 있는지 없는지도 모를 열쇠 구멍을 찾는 건, 무뢰배에게 에워싸여 두

들겨 맞는 중에 바닥에 떨어진 동전 한 개 찾기처럼 무모한 행위였다. 그는 좌절과 분노로 포효하며 주먹으로 절벽을 쳤다. 주먹에 둔탁한 충격이 왔다. 정신이 번쩍 들었다. 두께를 가늠하기 힘든 절벽을 칠 때와는 느낌이 달랐다. 햇빛이 비구름을 걷어내듯 절망으로 인해 탈진한 몸에 희망이 새 기운을 불어넣었다. 카심은 지친 말을 채찍질하는 사나운 장수처럼 자기 몸을 함부로 다루며 절벽을 두들겼다. 분명 벽 너머에 공간이 있었다. 그는 숨을 몰아쉬며 필사적으로 생각했다. 문손잡이는 허리에서 가슴 높이에 있기 마련이었다. 카심은 그 높이에 난 이끼들을 닥치는 대로 잡아 뜯었다. 손에 유독 풍성한 이끼가 잡혔다. 무심히 걷어치우고 옆으로 옮겨갔다. 그러다 문득 멈춰 고개를 돌렸다. 이끼를 치운 곳에 물방울 모양의 홈이 있었다. 카심은 홈에 있는 열쇠 구멍에 열쇠를 넣었다. 열쇠가 돌아가자 간절히 기다리던 패를 손에 쥔 도박꾼처럼 짜릿한 희열이 온몸을 덮쳤다. 미닫이문처럼 열리는 돌벽 뒤에서 전설 속 괴물의 아가리 같은 깊고 어두운 구멍이 나타났다.

"크핫핫핫핫!"

카심은 광기 어린 웃음을 터뜨렸다.

그는 지략과 용맹함을 겸비한 장수였다. 아주 잠시라도 멈춰 서서 생각을 했다면 혼자서 비적들의 소굴에 들어가는 무모한 짓은 벌이지 않았을 것이다. 그러나 수면 부족으로 마비된 머리에 코앞까지 온 공주의 남편 자리,

나아가 칼리프의 자리를 마무드나 두반에게 뺏기게 되었다는 위기감에 목이 졸리는 압박감을 받고 있었다. 사흘을 굶은 늑대가 덫이라는 걸 알면서도 미끼를 물 듯 그는 앞으로 나아갔다.

활주로다!

그도 알리바바처럼 동굴 안이 글라이더의 활주로임을 알아챘다. 4년 만에 비적들의 소굴을 찾은 것이다.

동굴 끝에서 파르스름한 빛이 들어왔다. 어느새 동이 터오고 있었다. 동굴을 빠져나가니 곧게 자란 너도밤나무 숲 위로 탁 트인 하늘이 나타났다. 참새들이 우짖고 새벽이슬에 촉촉해진 풀들이 짙푸른 내를 뿜었다.

숲의 끝에 다다른 카심은 가장 튼튼해 보이는 너도밤나무를 타고 올랐다. 밭과 통나무집들이 보였다. 아침을 짓는지 집집이 굴뚝마다 연기가 피어올랐다. 적어도 1만 가구는 사는 마을이었다.

이런 곳이 있었다니…….

카심의 눈동자가 긴 가뭄 속 태양의 열기처럼 이글거렸다. 이곳이 비적들의 소굴이라는 증거를 찾아야 했다. 증거만 찾으면 두반의 출정을 막고 그가 선봉에 서서 이 마을을 공격할 수 있었다.

아침을 맞은 마을은 분주했다. 아이들은 까불대며 거위를 쳤고, 여자 어른들은 농기구를 어깨에 걸치고 밭으로 갔다. 남자 어른들은 보이지 않았다.

마을이 한산해지자 카심은 슬그머니 나무에서 내려왔

다. 대장군인 그가 비적 마을에서 도둑처럼 몸을 낮추고 마을을 돌았다. 창고를 찾는 건 어렵지 않았다. 오히려 지나치게 쉽게 찾아서 과연 여기가 훔친 물건들을 넣어두는 창고가 맞을지 의심스러울 지경이었다.

일단 확인해 보고자 카심은 허리춤에서 단검을 꺼내 자물쇠와 벽 사이에 끼워 넣고 지렛대처럼 당겼다. 두둑, 소리가 나더니 자물쇠가 뜯어졌다. 카심은 문을 열고 들어갔다.

"이 미친놈들이 보물을 이렇게 보관해?"

태양을 정면으로 본 양 눈을 아찔하게 만들며 빛나는 보석들이 창고 가득 무질서하게 쌓여 있었다. 카심이 크게 한 걸음을 내딛는 순간 보물 더미 뒤에서 화살총을 쥔 사람 셋이 일어섰다.

"거기까지."

"거봐, 내가 뭐랬어. 또 온댔지?"

"무질서 속의 질서지. 난 창고에 있는 금화 하나하나 다 위치를 기억하고 있어. 여기서 몰래 뭔가를 훔쳐 가는 건 불가능하다고."

배불뚝이, 50대 비적, 젊은 비적이 카심을 향해 화살총을 겨누었다.

"저자를 알아. 바탄의 대장군, 카심이야."

50대 비적의 목에 힘이 들어갔다.

"키미아 공주의 남편 후보 중 하나인 카심이요? 왕자를 대신할 수 있겠네요!"

젊은 비적이 어깨춤을 췄다.

"글쎄, 낙관하긴 일러. 마무드 왕자가 왔으니 카심을 어떻게 떼어놓을지 고심하던 공주가 손 안 대고 코 풀게 되었다고 좋아할지도."

50대 비적의 말에 카심의 눈에서 불똥이 튀었다.

"네놈들 뚫린 입이라고……!"

카심은 허리춤에서 화살총을 뽑으려 했다. 자기를 겨누고 있는 자들이 셋이라는 건 안중에도 없었다. 그 순간 뒤통수에 큰 충격이 왔다. 바닥에 깔린 금은보화가 한꺼번에 일어나더니 이불처럼 그를 덮었다. 카심은 의식을 잃었다.

카심의 뒤통수를 후려친 건 뒤에 숨어 있던 텁석부리였다. 그는 쓰러진 카심을 보며 입술을 일그러뜨렸다.

"혼자 오다니……."

"정말 혼자 왔어요?"

젊은 비적이 물었다. 텁석부리가 고개를 끄덕였다.

"공주께서 하산의 반지가 없어졌다는 말을 듣고 폭포 부근을 감시하라고 하셨거든. 무슨 배짱인지 혼자 들어오더군. 우리에겐 잘된 일이지."

그들은 카심을 단단히 묶은 뒤 빈집에 데려가 가두었다.

"죽여야 합니다. 바탄의 대장군이에요! 저자 손에 죽거나 잡혀서 노예가 된 이들이 한둘이 아닙니다. 어린아이들에게도 가차 없었어요!"

배불뚝이가 울분을 토했다. 마을 사람들 중 바탄의 침공으로 가족을 잃지 않은 이가 없었다. 일가족을 눈앞에서 잃고 자기만 가까스로 살아남은 사람도 부지기수였다. 배불뚝이도 그중 하나였다.

"당연한 소리. 카심은 공을 세우는 데 혈안이 된 데다 냉혹하고 무자비하죠. 출세에 걸림돌이 된다 싶으면 동생의 목숨조차 내던질 위인입니다. 살려두면 두고두고 후환이 될 겁니다. 제가 늦었을까 봐 걱정했는데 공주께서 사전에 대비하셔서 다행입니다."

무스타파가 말을 받았다. 언제나 사람 좋게 껄껄 웃을 때와는 완전히 다른 냉정한 표정과 말투였다.

"바탄의 대장군입니다. 이대로 행방불명되면 수색대가 몰려올 텐데요. 안 그래도 하루 이틀 뒤면 두반과 하산이 출전할 겁니다. 하산은 사병까지 동원하려 해요."

젊은 비적이 조심스레 우려를 표했다.

"까짓것, 절벽에 데려가 던져버리면 돼. 실족사려니 할 거야."

50대 비적이 호기롭게 말했다.

"키미아의 연인이라면서? 순순히 실족사로 받아들일까?"

모르지아나가 입을 열었다.

"두반하고 결혼하기 싫어서 카심을 방패막이 삼고 있을 뿐, 연인이 아닙니다."

무스타파가 대답했다.

"방패막이가 사라지면 곤란하잖아."

"마무드가 오기 전이라면 그랬겠죠. 마무드는 우르크의 왕자니, 카심보다 튼튼한 방패가 되어줄 겁니다."

"흐음……"

"카심은 투락산을 제집처럼 드나들던 자입니다. 누가 실족사를 믿겠습니까? 차라리 놈의 사지를 찢고 보란 듯이 전시를 하죠! 공주, 우린 준비됐습니다. 이곳은 천혜의 요새예요. 유일한 출입구인 동굴은 한꺼번에 많은 병사가 들어오기에는 비좁죠. 이참에 시완이 건재함을 세상에 선포하면 어떻겠습니까?"

배불뚝이의 눈이 증오와 슬픔으로 타올랐다. 행복했던 어린 시절은 낮잠 자다 꾼 꿈처럼 지나갔다.

"시완이 건재하다는 게 알려지면 흩어졌던 백성들도 모일 겁니다."

50대 비적이 맞장구쳤다.

"오는 길에 바탄의 병사들에게 당할 거야. 우리가 지킬 수 있는 곳은 여기뿐이니. 내가 카심을 만나보겠어."

모르지아나가 말했다.

"공주께서요?"

"위험한 자입니다!"

"만나시겠다잖아."

텁석부리가 언성을 높였다. 그는 공주를 어린아이 취급하지 말라는 눈빛으로 다른 이들을 쏘아보았다.

"저희가 같이 가겠습니다."

50대 비적이 말했다.

"아니, 단둘이 이야기할게."

모르지아나가 단호하게 말을 잘랐다.

카심은 의자에 단단히 묶여 있었다. 모르지아나는 그를 물끄러미 바라보았다. 이자를 죽이면 사람들의 한이 조금은 풀릴지도 몰랐다. 어차피 싸워야 한다면 그 서막으로 쓸 수도 있었다. 다만 모르지아나는 그게 누구든 사람의 목숨을 두고 계산하는 게 싫었다.

"비적단의 우두머리가 어린 계집이었다니⋯⋯. 너희, 시완의 잔재지? 그렇다면⋯⋯ 그때 놓친 공주가 너구나. 바보 같은 놈들, 뿌리를 뽑았어야지."

카심은 마치 그때 전쟁에 참가했다면 모르지아나를 죽일 수 있었다는 듯 분해했다.

"전쟁을 할 만큼 바탄의 상황이 여유롭지 않을 텐데?"

모르지아나는 카심의 도발에 차분하게 대응했다.

"우리가 너희 같은 줄 알아? 이 마을 사람들이 몇이나 되지? 3만? 4만? 많아야 5만이겠지. 대부분 여자, 노인, 아이들이고 말이야. 여기가 공격하기 어렵다는 걸 믿는 모양인데, 관점을 바꿔보면 너희는 옴짝달싹 못 하는 신세야. 독 안에 든 쥐란 말이다."

"기어이 우리를 공격하려는 이유가 뭐야?"

"이길 수 있으니까."

모르지아나는 속으로 어두운 한숨을 내쉬었다. 카심

은 명을 재촉하고 있었다. 포로로 잡혀서도 이런 식이면 그녀에게도 선택의 여지가 없었다. 그녀는 시완의 공주로서 백성들의 안위를 최우선으로 생각해야 했다. 적장의 목숨을 가련히 여겨 백성들을 위태롭게 해서는 안 되었다. 모르지아나는 카심을 놔두고 밖으로 나왔다.

그녀의 아버지는 패배를 직감하자 백성들이 피신할 시간을 주기 위해 싸우다 전사했다. 덕분에 얼마 안 되는 백성들이나마 분지에 정착해 살아남을 수 있었다.

아슬아슬하게 지속돼 온 평화가 끝나가고 있었다. 결전의 날이 코앞이었다. 이제 그녀가 아버지의 뒤를 이어 백성들을 지킬 차례였다.

"제가 해내지 못할까 봐 두려워요."

모르지아나는 힘들 때마다 아버지의 묘를 찾았다. 아버지는 단 한 번도 대답한 적 없으나 때로는 침묵으로 그녀를 격려했고, 때로는 말 없는 사랑으로 품어주었다. 오늘은 그저 풀이 자란 흙더미일 뿐이었다.

텁석부리가 멀찌감치 서서 안타까운 눈으로 그녀를 보고 있었다.

"죄, 죄송합니다. 전 그냥 걱정이 되어서……."

모르지아나는 빙그레 미소 지었다.

"어떤 결단을 내리시든, 저희가 함께할 겁니다."

"알고 있어. 그대들을 믿고 있다."

살아남기 위해 다른 방법이 없다면 전력을 다해서 싸워야 했다. 이 분지마저 잃으면 백성들은 갈 곳이 없었다.

턱석부리는 모르지아나와 함께 마을로 돌아왔다. 언제나 웃는 얼굴인 공주를 볼 때마다 마음이 옥죄어 왔다. 가끔은 기대어도 좋으련만…….

➢

한번 내려가면 다시 올라오지 않으려 드는 눈까풀을 올리고 내리기를 반복한 끝에 알리바바는 주변이 어두컴컴해서 아무것도 보이지 않는다는 사실을 인지했다. 피가 통하지 않을 정도로 단단히 묶여 있어 손가락 하나 움직일 수 없었다. 깊이 물린 재갈로 인해 욕지기가 치밀어 자칫 토하기라도 하면 기도가 막혀 죽을 것 같았다. 알리바바는 느리게 숨을 쉬며 기억을 되돌렸다. 무스타파가 약을 탄 수프를 먹였다. 여기에 자기를 가둔 사람도 무스타파라고 봐야 했다.

몸과 마음에 가해지는 크나큰 고통 속에서 퍼즐이 맞춰졌다.

알리바바는 그림자처럼 소리 없이 들어왔는데도 무스타파는 잠에서 깨어 아래층으로 내려왔고 그라는 것도 즉각 알아차렸다. 누구도 무스타파 몰래 용오름을 건드릴 수 없었다. 용오름을 망가뜨린 사람은 무스타파였다. 무스타파가 비적들과 한패였다!

하지만 무스타파가 왜?

카심은 하산을 의심했으나 알리바바는 달랐다. 비적

단의 두목이 타던 글라이더가 그의 것과 기본 골격이 비슷했다. 비적단 두목의 글라이더는 누군가 그의 설계도를 응용해서 만든 것이다.

무스타파가 시완 사람이었구나! 16년 전 전쟁 때 무스타파는 시완의 편에서 싸웠던 거야. 파하드도 시완 출신 고아겠구나.

비로소 마을 사람들 대부분이 여자였던 이유를 알 수 있었다. 남자들은 지난 전쟁에서 죽었던 것이다. 형이 비밀 문을 찾아서 병사들을 데리고 여자와 아이들이 사는 마을을 습격했다면…….

감정이 격해지며 호흡이 가빠지자 다시 숨 쉬기가 버거워졌다. 알리바바는 마음을 가라앉히고자 애썼다. 익숙한 금속 냄새가 콧구멍으로 파고들었다. 눈이 어둠에 익자 낯익은 실루엣들이 보였다. 그가 갇힌 곳은 무스타파가 예전에 쓰던 자재 창고였다. 지금은 알리바바나 이따금 와서 뒤적일 뿐 아무도 오지 않는 곳이었다.

➤

두반은 키미아가 준 3000명의 병사들을 뒤에 세우고 왕성 앞에 섰다.

"바탄의 용맹한 전사들이여. 바탄을 괴롭히는 비적들을 소탕하라!"

키미아가 단상 위에 올라 병사들을 독려했다. 병사들

이 우레와 같은 함성을 질러 화답했다. 그들은 키미아를 전적으로 따르고 있었다.

마무드는 두반에게 다가가 격려했다.

"부디 비적들을 남김없이 소탕하기 바라네."

두반의 입술이 비틀렸다.

"왕자는 지금 사면초가입니다. 우르크로 돌아가면 형들의 손에 죽을 테고, 여기 남으면 제 손에 죽을 테니까요. 왕자가 살길은 하나뿐입니다. 아버지가 친척 아이 중 왕자에게 어울리는 짝을 찾아줄 테니 식을 올리십시오. 아름다운 호수를 낀 성도 하나 내어드리지요. 설마 가족을 모른 체하겠습니까?"

마무드의 얼굴이 파랗게 질렸다. 두반은 멸시하는 웃음을 짓고는 돌아섰다.

멀어지는 두반의 뒷모습을 바라보며 마무드는 손바닥에 초승달 모양의 홈 네 개가 파이도록 주먹을 말아 쥐었다. 주어진 것에 만족하며 철없이 살아왔다. 그뿐 누구에게도 해를 끼친 바 없거늘 한순간에 안락한 집에서 쫓겨나 사자 우리에 던져졌다. 모두가 그를 하찮고 아무것도 할 줄 모르는 사람 취급했다.

두반은 오만한 팔자걸음으로 키미아에게 다가갔다. 음험한 미소를 띤 채 그녀와 이야기를 나눈 두반이 글라이더에 올랐다. 글라이더 부대가 일제히 창공으로 날아올랐다. 기병과 보병들도 출전했다.

키미아가 멀어지는 두반의 글라이더를 눈으로 좇았

다. 늘 무감정한 키미아의 얼굴에 표정이라 할 만한 게 떠올랐다가 삽시간에 사라졌다. 그러나 마무드의 마음속에 어떤 의문을 심기에는 충분한 찰나였다.

사지가 옥죄인 건 키미아도 마찬가지 아닐까?

적어도 그에게는 선택지가 있었다. 어떤 선택지도 내키지 않으나 모두가 그에게 자기의 뜻을 따른다면 안락한 삶을 보장하겠다고 제안했다.

키미아는 어떨까? 나라와 백성을 포기하지 않는 한 키미아에게 평온한 삶이란 존재할 수 없었다. 끔찍하게 싫은 자라도 바탄을 위한 길이라면 결혼하고 칼리프 자리를 내줘야 했다. 어스름이 물러가고 태양이 사물의 형체를 드러내듯 이제야 그녀가 어떤 사람인지 제대로 보이는 기분이었다. 키미아는 황홀하게 아름답고, 소름 끼치게 차갑고, 몸서리쳐지도록 고독한 사람이었다.

측은지심도 사랑의 시작일 수 있을까?

➤

알리바바가 몸부림을 치면 칠수록 밧줄은 더 세게 몸을 조였다. 숨 쉬기조차 버거워진 알리바바는 저항을 포기했다.

무스타파는 알리바바가 첫 글라이더를 만드는 데 도움을 준 사람이었다. 10년을 이어온 우정은 무스타파가 그를 바로 죽이지는 못하게 했다. 딱 거기까지였다. 죽도록 방치하는 걸 막을 정도는 못 되었다. 그건 알리바바에게 친형이 그가 죽길 바랄 만큼 미워했다는 걸 알았을 때만큼이나 큰 고통을 안겼다.

알리바바는 시간을 가늠했다. 허기가 지고 극심한 갈증이 찾아오는 걸로 보아 최소 하루는 지난 것 같았다.

누가 또 여길 알지?

잠보! 잠보는 알리바바가 글라이더를 만드는 걸 도와왔다. 이 창고에도 여러 번 함께 왔다. 그렇지만 잠보가 여기에 올 이유가 있을까?

그때 창고 문밖에서 잠보의 주저하는 목소리가 들렸다.

"알리바바, 알리바바 거기 있니?"

알리바바는 일순 간절한 마음이 불러낸 환청인가 했다.

"알리바바?"

밖에서 잠보가 문을 두드렸다. 환청이 아니었다! 알리바바는 무심코 몸을 비틀었다. 밧줄이 갈비뼈를 조이며 숨이 막혀왔다.

"알리바바…… 안에 있으면 제발 대답 좀 해."

잠보의 목소리에 울음이 섞였다. 잠긴 문을 열어보려고 씨름하는 소리가 들렸다. 잠보는 겁이 많았다. 들어오는 걸 포기하고 이대로 떠날 수도 있었다.

"문이 안 열려. 알리바바, 거기 있는 거 맞아?"

알리바바는 신음조차 낼 수 없었다. 이대로 질식할 것만 같았다.

문을 붙들고 씨름하는 소리가 끊겼다. 포기하고 간 모

양이었다.

잠보!

알리바바의 의식이 뿌옇게 흐려져 갔다. 그때 콰아앙 하는 요란한 소리와 함께 문이 흔들렸다. 잠보가 통나무를 주워 공성 숫양처럼 끌어안고 문을 향해 돌격한 것이다. 경첩이 비틀린 걸 본 잠보가 심호흡을 하고 재차 문을 향해 온몸을 부딪쳤다. 문이 완전히 떨어졌다.

"알리바바!"

잠보가 달려와서 재갈을 풀었다. 알리바바는 잠수하고 나온 사람처럼 가쁜 숨을 내쉬었다.

"잠보, 와줬구나!"

잠보는 허리춤에서 칼을 꺼내 알리바바를 묶은 끈을 잘랐다.

"알리바바! 누가 이랬어? 얼굴은 왜 그래?"

잠보가 얼룩덜룩하게 멍 든 알리바바의 얼굴을 보다가 와락 끌어안았다. 알리바바는 잠보의 어깨에 턱을 기댔다. 죽음의 문턱에서 살아 돌아왔다는 안도감이 몰아쳤다.

"어떻게 알고 온 거야?"

"너희 집에 갔는데 문이 활짝 열려 있는 거야. 네 방은 엉망으로 부서져 있고, 무스타파의 작업장에서도 널 본 사람이 없다잖아. 어쩌지, 널 어디서 찾지, 하다가 불현듯 여기가 생각나서 혹시나 하고 와본 거야."

"내 방이 부서져 있었단 말이지."

"응, 누가 뭘 찾으려고 방을 다 헤집어놓은 것 같았어."

"형이 열쇠를 가져갔겠구나."

"열쇠?"

"형이 병사들을 데려갔어?"

"그건 모르겠어. 근데 넌 왜 여기 묶여 있던 거야?"

"무스타파 짓이야. 무스타파가 비적단의 첩자였어."

"무스타파는 왕실과 귀족들의 글라이더 제작자잖아!"

"설명할 시간이 없어. 두반은 출전했어?"

"오늘 아침에. 네가 출정식을 보러 안 와서 너희 집에 갔다가……"

잠보가 횡설수설하며 아까 한 말을 반복하려 했다. 알리바바는 말을 막듯 일어나려 용을 썼다. 잠보가 알리바바를 부축해서 일으켰다.

"무스타파가 첩자였다니……. 빨리 가서 이야기하자!"

"그래야……겠지?"

"당연한 거 아냐?"

잠시 멍한 얼굴을 한 알리바바가 불쑥 말을 뱉었다.

"하누아의 예전 이름이 파사래."

"알아, 시완의 도시였지."

"어떻게 알았어?"

"어릴 때 들었지. 설마 몰랐어?"

"……응."

"너는 진짜 눈앞의 일 외에는 관심이 너무 없어. 칼리프가 정복해서 우리 도시로 만들었잖아. 옆집 할아버지가 글라이더를 타고 참전했었는데, 온 도시에 폭탄을 떨어뜨려서 눈 닿는 모든 곳이 온통 벌겋게 타올랐었대. 불길이 치솟는 하늘을 비행하다가 추락할 뻔했다고도 했어."

잠보는 마치 자기의 업적처럼 자랑스럽게 말했다.

"원래 살던 사람들은 다 어디로 갔을까?"

"죽었겠지."

잠보의 어조는 무심했다.

"네 아버지도 전쟁에서 죽었잖아."

"그랬다더라."

알리바바는 부모에 대한 그리움이 없었다. 어릴 때 죽은지라 얼굴도 몰랐고, 주변에 고아가 많아서 부모가 없다는 게 유별난 일도 아니었다. 그러니 잠보의 무덤덤한 태도도 이해하지 못할 건 아니지만…….

"가자! 형을 찾아야 해."

알리바바는 위화감 속에서 카심의 막사로 달렸다. 지나가는 병사를 붙들고 형에 대해 물으려던 차에 그를 발견한 오마르가 불렀다.

"알리바바! 마침 잘 왔다. 대장군은 어디 계신 거냐? 너희 집은 누가 그래 놨어?"

"형이 등청하지 않았어요?"

"그래! 오늘 아침에 두반이 병사들을 이끌고 투락산으로 갔다. 대장군이 그 전에 비적들의 소굴을 찾아야 한다고, 새벽같이 집합하라고 하셨지. 병사들은 다 모였는데 대장군이 오질 않아 집에 가보니 난장판이 되어 있더구나."

"혼자 갔구나."

알리바바가 조용히 뇌까렸다.

"그게 무슨 소리냐?"

알리바바는 대꾸 없이 몸을 틀었다. 잠보는 영문을 모른 채 알리바바를 쫓아 뛰었다.

집은 잠보의 설명을 듣고 상상했던 것보다 훨씬 더 처참했다. 알리바바는 날개가 갈가리 찢긴 글라이더를 보고 말했다.

"네 글라이더가 필요해."

"무슨 일인데?"

"지금은 설명할 시간이 없어!"

잠보가 더 물으려다 말고 글라이더를 내주었다.

알리바바는 성벽에 올랐다. 푸른 글라이더들이 철새 떼처럼 하늘을 뒤덮고 있었다.

"조심해!"

고개를 힘껏 끄덕인 알리바바가 글라이더를 타고 날아올랐다. 투락산 위로 접어들자 경고도 없이 작살들이 날아왔다.

"어이! 난 민간인이라고!"

알리바바가 반사경으로 민간 글라이더라는 신호를 보냈으나 돌아오는 건 작살들뿐이었다.

"제길, 두반이 정체 모를 글라이더는 무조건 공격하라고 했나 보군."

알리바바는 능숙하게 글라이더를 몰아 사납게 쏟아지

는 작살들을 피했다. 흔들리며 떨어지는 가랑잎을 화살로 쏘아 맞히기 어려운 것처럼, 훈련받은 병사들도 알리바바의 글라이더를 맞히는 건 쉽지 않았다. 약이 바짝 오른 병사들이 작정하고 공격을 퍼부었다. 기어이 작살 하나가 글라이더의 오른쪽 날개를 찢었다. 글라이더가 돌풍에 휩쓸린 종이비행기처럼 빙글빙글 돌았다.

"안 돼!"

알리바바는 분지 위로 날아가기 위해 전신의 힘을 쏟았다.

"금속 글라이더로도 분지의 바람을 탈 수 없는데, 날개가 찢어진 천 글라이더를 끌고 들어갔으니…… 제 발로 죽을 자리를 찾아갔군."

알리바바를 공격하던 병사 한 명이 중얼거렸다. 병사들은 기수를 돌렸다.

알리바바는 분지에 진입했다. 강에서 바다로 옮겨간 것처럼 한순간에 완전히 다른 바람이 그를 맞이했다. 조각난 칼날이 떠다니는 물에 맨몸으로 뛰어든 것처럼 두려움이 몰아쳤다. 알리바바는 용기를 냈다. 전에도 성공했다. 물론 그때는 그에게 가장 익숙한 글라이더였고, 지금은 잠보의 글라이더라 그에게는 조종간이 크고 넓었지만 말이다. 그래도 기본 틀은 그의 것과 같았다. 문제는 찢어진 오른쪽 날개였다. 찢어진 날개로 복잡하고 사나운 바람을 타는 건, 부러진 다리로 질척질척한 갯벌을 걷는 것처럼 힘겨운 일이었다. 이 글라이더로 분지의 바람을 넘겠다는 건 자살행위나 다름없었다. 그걸 알면서도 알리바바는 바람을 뚫고 가려는 노력을 지속했다. 한시가 급했다. 바바 무스타파가 그가 열쇠의 비밀을 풀었다는 걸 비적단에게 알려주고도 남을 시간이 지났다.

혼자 간 형이 그자들에게 잡혔다면? 비적들이 바탄의 대장군을 곱게 대할까?

나는 형을 구하기 위해 이 바람을 타고 있는 건가?

알리바바는 카심을 떠올렸다. 놀랍게도 좋은 기억은 단 한 자락도 나오지 않았다. 그를 윽박지르고 쓸모없는 놈이라고 욕하는 모습뿐이었다. 카심은 잠들만 하면 다락에서 뛰어다니며 벽을 긁어대는 쥐처럼 그를 짜증스러워했다.

왜 형이 날 싫어한다는 걸 보지 못했을까?

가족이라서. 그것도 유일한 가족이었기에. 가족은 때로 싸우더라도 서로를 아끼고 보듬는 존재니까. 그는 가족이라는 눈가리개를 쓰고 형이 자기를 돌본다고 착각해왔다. 돌이켜 보건대 어린 그를 보살폈던 건 형이 아닌 이웃집 할머니였다. 언제부터인지 기억도 나지 않을 때부터 동네 허드렛일을 받아 밥벌이를 했다. 자신은 굶더라도 카심에게 줄 빵은 샀다. 카심은 단 한 번도 고맙다거나 뭐라도 좀 먹었는지 물은 적이 없었다.

알리바바는 난생처음으로 자책과 회한이라는 감정을 느꼈다. 눈물이 흐르는지 눈앞이 뿌예졌다. 다른 생각에 정신을 팔 때가 아니었다. 온 정신을 집중해도 타기 힘든 바람이었다. 알면서도 바람을 막을 수 없듯 생각도 막아지지 않았다. 도무지 이유는 모르겠지만 카심에게 그는 숫제 죽기를 바랄 만큼 싫은 존재였다.

그럼 나에게 형은 무엇이었을까?

알리바바는 자신 역시 형에게 의지한 적 없다는 걸 인지했다. 애초에 의지하도록 형이 그를 받아주지도 않았다. 카심은 가족이라는 이름하에 혼자 키운 환상 속 존재였다.

그런데도 알리바바는 카심을 구하고 싶었다. 일평생 카심을 가족으로, 세상에서 가장 가까운 존재로 인식해 왔다.

그러나 알리바바가 목숨을 걸고 이 바람을 타고 있는 건, 결코 카심만을 위해서는 아니었다.

알리바바는 2년 전에 카심의 손에 이끌려 군대에 갔었다. 일주일간 훈련을 받고 테스트에 합격하면 입대할 수 있었다. 첫날 훈련을 받은 뒤 알리바바는 다시는 가지 않겠다고 했다. 그때도 카심은 그를 무자비하게 폭행했다. 알리바바는 그 매를 맞으면서도 고집을 꺾지 않았다.

첫날, 어린 예비 병사들에게 교관이 한 말은 병사의 칼은 상대를 가리지 않아야 한다는 것이었다. 어린아이든 갓난아이든 적은 모두 죽여야 한다고 했다.

바람이 글라이더를 멀리 날렸다. 알리바바는 정신이 번쩍 들었다. 지금은 무사히 착륙하는 데에만 집중해야 했다. 많은 사람들이 공들여 가꾼 마을이 저 아래에 있었다. 하지만 거기로 가는 길은 만만치 않았다. 떨어진 거리에서 보면 평화로워 보이는 마을이 가까이에서 들여다보면 지난한 사정이 있듯 멀리서 보기에는 맑고 청명한 하늘이나 직접 겪는 바람은 가혹했다. 개개인이 산 넘어 산 같은 인생을 더러는 넘어지고 더러는 기어서라도 넘으며 살듯, 알리바바도 이러다 글라이더가 못 버티고 망가지겠다 싶을 때는 힘을 빼서 바람에 휩쓸리고, 그러다 또 끼어들 틈이 보이면 필사적으로 글라이더를 조종하며 아래로 아래로 내려갔다.

"글라이더다!"

무심코 하늘을 쳐다본 한 사람이 소리치자 모두 고개를 들었다. 그러더니 흩어져서 쉬고 있던 병사들이 집합 소리에 날래게 열을 맞추듯 밭에서 일하던 사람들이 농기구를 부려두고 집으로 달려가 화살총을 가져왔다. 여자와 노인들도 화살총을 쥔 자세에 흔들림이 없었다.

알리바바는 그들을 신경 쓸 새가 없었다. 날개가 점점 더 크게 찢어지고 있었다. 곧 오른쪽 날개를 완전히 잃을 터였다. 엎친 데 덮친다고 왼쪽 뼈대도 덜컹거렸다. 뼈대가 불안정해지자 프로펠러도 흔들리며 조종을 방해했다. 알리바바는 프로펠러를 껐다. 이제 방향을 조절할 최소한의 도구마저 사라졌다.

지난번 경험으로 조금만 더 내려가면 온화한 바람이 그를 맞이하리라는 걸 알았다. 지금 이 바람을 잘 타서 안

전지대로 내려가든가, 아니면 뼈대와 날개가 뜯어지고 찢겨 땅에 곤두박질치게 되든가. 곧 결판이 날 터였다. 알리바바는 눈을 질끈 감고 바람에 온 감각을 집중했다. 솜털 하나하나에까지 바람의 결이 느껴졌다. 찌지직 하는 소리와 함께 오른쪽 날개가 두 쪽으로 갈라졌다. 동시에 평온한 바람이 그의 이마를 씻겨주었다. 안심할 새도 없이 왼쪽 뼈대가 빠지며 부러진 가지처럼 흔들렸다. 균형을 잃은 글라이더가 팽이처럼 빙글빙글 돌며 추락했다. 더 이상 글라이더를 제어할 방법이 없었다. 지상이 급속도로 가까워졌다.

"트램펄린을 가져와!"

모르지아나가 소리치자 사람들이 트램펄린을 가져와서 펼쳤다. 알리바바가 오른쪽으로 날아가면 트램펄린을 든 사람들도 오른쪽으로, 왼쪽으로 날아가면 왼쪽으로 뛰며 알리바바를 받으려 했다. 알리바바는 순간 거센 바람을 느꼈다. 여기서 자칫 멀리 날아가기라도 하면 사람들이 그를 받을 수 없었다. 알리바바는 글라이더를 잡고 있던 두 손을 놓았다.

"떨어진다!"

"받아야 돼!"

"저쪽이야!"

사람들이 위를 보며 트램펄린을 움직였다. 알리바바는 아슬아슬하게 트램펄린 위에 떨어졌고 두어 번 공중으로 솟았다가 멈췄다. 그는 가쁜 숨을 몰아쉬며 고개를 들었다. 화살총 수십 개가 그를 겨누고 있었다.

"내 이름은 알리바바입니다. 카심 대장군의 동생이에요. 우리 형을 데리고 있나요?"

알리바바가 빠르게 말했다.

다들 가타부타 말없이 그를 노려보았다. 침묵이 답이었다. 이곳 어딘가에 카심이 있었다.

"반지를 훔쳐 갔던 사람은 저예요. 목걸이도 제가 주웠어요."

"그 많은 보물 중에 반지 하나만 가져갔더구나."

텁석부리가 말했다.

"그거 하나면 이곳이 비적들의 소굴이라는 증거로 충분하니까요."

알리바바는 사실대로 대답했다.

"여긴 어떻게 들어왔었지?"

"오늘처럼, 바람을 탔어요."

사람들이 웅성거렸다. 조금 전 직접 보지 않았다면 아무도 믿지 못했을 것이다. 몇몇 사람이 알리바바의 글라이더를 주워 왔다.

"이런 글라이더로 분지의 바람을 타다니……."

50대 비적이 질린 어조로 읊조렸다.

"알리바바라면 가능하지."

알리바바는 고개를 들었다. 하루가 멀다 하고 작업장에서 만나던 무스타파인데 비적 사이에 있자 몹시도 낯설어 보였다. 무스타파가 정말로 비적단의 일원이었다…….

"용케 빠져나왔구나."

"저에게 왜 그랬어요? 그냥 솔직하게 말해줄 수는 없었나요?"

알리바바가 신음처럼 물었다.

"나는 해야 할 일을 한 거다."

"저를 손자처럼 아끼시는 줄 알았어요."

"난 손자가 없다."

모르지아나, 무스타파, 네 비적과 알리바바는 마을 회관의 응접실에 모여 앉았다.

"동굴 바깥에 병사들이 쫙 깔려 있어요."

알리바바가 먼저 말문을 열었다.

"알아."

"순순히 당할 줄 알고?"

"우리도 단단히 준비했어!"

무스타파의 말에 이어 비적들이 결연하게 눈을 빛냈다.

"전쟁을 막을 방법은 없나요?"

알리바바가 안타까운 목소리로 물었다.

"전쟁을 막는다? 누가 일으킨 전쟁인데? 우리가 이렇게 살고 있는 게 다 너희 바탄 놈들 때문이야!"

배불뚝이가 주먹을 허공에 휘두르며 소리쳤다. 다른 비적들이 일제히 맞장구를 쳤다. 바탄의 시완 정복전은 알리바바가 태어나기 전에 칼리프가 일으켰다. 그런데도 알리바바는 아무 말도 할 수 없었다.

"나도 전쟁을 원하지 않아. 그렇다고 우릴 죽이러 오는 사람들에게 순순히 목을 내어줄 수는 없잖아."

지켜보던 모르지아나가 입을 열었다. 창문을 등지고 앉아서인지, 알리바바는 모르지아나의 뒤에서 후광이 비치는 듯한 착각이 일었다.

"바탄도 전쟁을 원하지 않는다면요?"

알리바바가 말을 받았다.

"전쟁을 원하지 않는데 사병까지 동원했겠어?"

50대 비적이 이를 갈았다.

"사병이요?"

당황한 알리바바가 되물었다.

"그래, 하산의 사병이다."

무스타파가 대답했다.

"키미아 공주도 아나요?"

"키미아는 바보가 아니지. 알면서도 건드릴 수 없는 거다. 하산은 키미아가 자신을 무력으로 누르면 옳다구나 하고 반격할 게다. 두반이 아니라 자기가 칼리프에 오를 기회니까."

무스타파가 읊조리듯 말했다.

"키미아 공주와 하산이 하누아에서 싸우면 고통받는 건 백성들이에요. 그래서 키미아 공주는 싸움을 피하려는 거고요. 그런 공주가 전쟁을 원할 리 없어요. 키미아 공주는 좋은 사람이에요!"

하누아 사람들은 키미아 공주가 이따금 변장하고 도

시를 순시한다고들 했다. 알리바바는 그게 사실이라고 믿었다. 그도 사흘을 쫄쫄 굶다가 키미아 공주가 보낸 구호 식량을 받은 적이 있었다. 그를 돌봐준 이웃집 할머니가 예전에는 종종 장티푸스가 돌았는데, 키미아 공주가 하수도를 정비해 장티푸스가 줄었다며 공주를 칭송했다. 그런 공주가 백성들을 사지에 몰아넣을 전쟁을 일으키려 들 리 없었다.

"당신도 공주죠? 전쟁을 바라지 않고요. 키미아 공주와 직접 만나보시면 어떨까요? 그럼 양측을 위한 평화로운 길을 찾을 수 있을 거예요."

"안 될 소리!"

텁석부리가 벼락처럼 고함쳤다.

"설사 키미아가 전쟁을 원하지 않는다 해도 혼자 힘으로는 못 막아. 하산은 바탄에서 강력한 힘을 가진 재상이고 사병까지 거느린 데다 우리를 칠 명분도 갖췄지. 시완의 잔재들이 비적 노릇을 한다고 말이야. 우리라고 하고 싶어서 비적질을 한 건 아니야."

깊은 노여움과 풀지 못할 한이 무스타파의 전신을 훑고 지나갔다.

"하산은 사병을 직접 지휘하여 산을 뒤지고 있지. 하산의 목적은 다이아몬드 광산이야. 젠장, 놈들이 입구를 찾기라도 하면……."

"바람굴만 통과할 수 있어도……."

텁석부리와 배불뚝이가 번갈아 말했다.

"바람굴이요?"

알리바바의 질문에 배불뚝이가 아차 하는 얼굴로 입을 다물었다. 무스타파가 건조한 목소리로 설명했다.

"다이아몬드 광산과 연결된 바람굴을 타고 들어가, 내부에서 감춰진 문을 찾는다면 자유롭게 광산을 드나들 수 있지."

"그걸 이 자식에게 말하면 어떡해요?"

텁석부리가 사색이 되었다.

"그런데 왜 이제껏 그 바람굴을 이용해 다이아몬드 광산으로 가지 않았어요?"

알리바바가 굴하지 않고 물었다.

"깊이가 1킬로미터나 되는 데다가 바람이 미쳐 날뛰거든. 밧줄이나 줄사다리를 타고 내려가려던 이들은 돌풍에 휩쓸려 벽에 부딪쳐 죽었다. 밧줄 끝에 무거운 바위를 매달아 내려서 바람을 측정해 보려 했지만 통제가 되지 않았어. 수차례 여러 방법을 시도했으나 사람들만 잃었지. 그래도 개중 성공을 기대할 방법이 글라이더야."

무스타파는 텁석부리의 만류에도 설명을 마쳤다.

"글라이더도 무리야. 폭이 좁은 곳은 5미터도 되지 않아. 금속 글라이더는 그렇게 좁은 곳을 통과하기엔 움직임이 커. 천 글라이더는 바람굴의 바람을 버티지 못해."

모르지아나가 날카롭게 지적했다.

"제가 해볼게요! 전 이 분지도 글라이더를 타고 왔잖아요. 공주의 분홍색 글라이더, 그거 제 글라이더를 본떠 만든 거죠?"

알리바바의 말은 질문이 아닌 확인이었다.

"그래."

무스타파가 시인했다.

"그걸 주세요."

무스타파는 고개를 들어 마치 앞이 보이는 것처럼 알리바바를 똑바로 응시했다.

"공주의 글라이더는 섬세한 움직임이 가능하죠. 제가 설계한 거니 누구보다 잘 압니다. 제게 기회를 주세요. 다이아몬드 광산을 찾으면……!"

알리바바는 입술을 달싹였다. 그럼 그다음은?

"바탄과 거래할 수 있지."

무스타파가 말했다.

"그래요! 그럴 수 있죠."

알리바바가 냉큼 말을 받았다.

"위험해. 네 목숨만 헛되이 버리는 짓이야. 이제껏 글라이더를 타고 바람굴로 내려간 사람들 그 누구도 돌아오지 못했어. 뻔히 알잖아?"

모르지아나의 끝말은 무스타파를 향했다. 다 알면서 왜 알리바바를 자극하느냐는 의문이었다.

"조금 전 알리바바가 타고 온 글라이더는 자기 게 아닙니다. 정비를 제대로 안 한 것 같아요. 삐걱거리는 잡음이 들리더군요. 알리바바라면 그럴 리 없죠."

"맞아요. 잠보 거예요."

"다른 이의 글라이더, 그것도 상태도 불안정한 걸 타고 분지의 바람을 넘었어요. 알리바바라면 할 수 있습니다."

"정말 네가 할 수 있다고 해도 왜 목숨까지 걸고 내려가려는 거지? 형을 위해서? 안타깝지만 설령 네가 성공하고 돌아와도 바탄과 협상이 이루어지지 않으면 풀어줄 수 없어."

"공주는 왜 날 살렸죠? 왜 트램펄린을 가져오라고 했어요?"

"그거야······!"

모르지아나는 이어지려는 말을 중단했다.

"제가 적이든 아군이든 눈앞에서 누군가가 죽는 모습을 두고 볼 수 없었던 거예요. 저도 마찬가지입니다. 당신들이 형을 풀어주길 바라요. 어떻든 제 형이니까요. 하지만 형을 위해서만은 아니에요."

그는 마을로 눈을 돌렸다. 척박한 곳에서 최선을 다해 살아가는 사람들이었다. 그의 이웃들처럼 말이다.

"제 친구가 파사가 불에 타던 날 이야기를 하면서 웃었어요. 두반이 이 분지를 찾아내면 사람들은 또 웃으며 그 이야기를 하게 될 거예요. 시완의 잔재를 없애고 영토를 안정시켰다고요. 반대로 시완이 바탄을 공격해 승리하면 이곳의 아이들이 웃으면서 전쟁 이야기를 하겠죠. 마침내 빼앗겼던 땅을 되찾았다고요. 하지만 전쟁은 웃으면서 할 이야기가 아니에요. 그건······ 이상해요."

긴 호흡을 한 뒤에 알리바바가 말을 이었다.

"전 부모님의 얼굴을 몰라요. 전쟁 때문이죠. 저를 돌봐준 옆집 할머니도 전쟁에서 남편과 아들, 다리 한쪽을 잃었죠. 바탄이 일으킨 전쟁이지만 바탄 사람들이 다 전쟁을 찬성했던 건 아니에요. 전쟁은 일으킨 쪽에도 돌이킬 수 없는 상흔을 남겨요. 그것도 가장 약한 사람들에게요. 무스타파가 그랬죠? 신념을 위해서라면 목숨을 걸 수도 있다고요. 전쟁을 막을 수 있다면, 너도나도 고아로 자라지 않을 수 있다면, 사람들이 웃으며 전쟁 이야기를 하지 않을 수 있다면, 네, 목숨을 걸 가치가 있어요."

"일으킨 쪽에도 상흔을 입힌다? 그게 바탄 놈이 할 소리야?"

배불뚝이가 알리바바에게 달려들었다. 텁석부리가 그의 허리를 붙들었다. 그리고 다 안다는 듯 배불뚝이의 등을 두드렸다.

"네 실력은 내가 잘 안다. 너라면 분명 성공할 수 있을 거야."

무스타파가 소란을 뚫고 목소리를 내었다. 반대하는 자들, 찬성하는 자들, 그리고 도전해 보길 간절히 원하는 알리바바의 시선이 모르지아나에게 모였다.

침묵 속에서 긴 시간 숙고한 모르지아나의 입술이 열렸다.

"어떻게 해도 전쟁을 피할 방법이 없다고 여겨왔지. 그렇다면 이겨야 한다고 생각했어. 전쟁에서 패해 몰락한 나라의 백성들이 어떻게 되는지 뼈저리게 겪었으니까. 그들은 그들, 우리는 우리, 둘 중 하나를 택하는 거라고 말이야. 그런데 알리바바는 다른 길이 있다고 말하고 있어. 공존할 수 있는 길이 있다면, 시도는 해봐야지."

알리바바는 비적들과 함께 글라이더 창고로 갔다. 망가진 글라이더들은 수리 중이었고, 완성을 앞둔 글라이더는 화공들이 색을 칠하고 있었다. 채색 중인 글라이더를 본 모르지아나가 해맑게 웃었다. 그녀의 뒤에서 네 비적이 서로의 옆구리를 쳤다. 젊은 비적이 배불뚝이를 공주 앞으로 확 밀었다. 공주가 할 말이 있느냐는 얼굴로 배불뚝이를 바라보았다.

"저, 공주, 저어…… 글라이더의 색깔 말입니다."

배불뚝이가 더듬거리며 운을 뗐다.

"응. 저번과 배합이 좀 다른데, 이번 분홍도 아주 예쁘게 나왔어."

모르지아나의 얼굴에 뿌듯한 웃음이 번졌다. 텁석부리는 그 웃음에 넋을 잃었다. 자기는 괜찮다고, 아무렇지도 않다는 뜻으로 짓는 웃음이 아닌 마음에서 우러나온 웃음이었다. 모르지아나가 저렇게 웃는 일은 드물었다. 그녀는 웃음이 묻어 있는 얼굴로 세 비적에게 고개를 돌렸다.

"다른 사람들은 어때? 이 색깔 마음에 들어?"

모르지아나의 시선이 텁석부리에게 가닿았다. 평소 그녀와 다른 의견도 용기 있게 말하는 이였다.

"남자는 꽃분홍이죠!"

텁석부리가 우렁차게 대답했다.

"아하하!"

모르지아나가 수면에서 물방울이 튀듯 맑은 웃음을 터뜨렸다. 텁석부리의 배신에 경악한 배불뚝이가 모르지아나의 등 뒤에서 입을 쩍 벌렸다. 그는 50대 비적과 젊은 비적에게 어떻게 좀 하라는 눈짓을 했다.

"전 어릴 때부터 분홍색을 좋아했지요."

젊은 비적이 냉큼 말했다.

"분홍색을 고르시다니 탁월한 안목이십니다."

50대 비적도 질세라 응수했다.

배불뚝이가 입 모양으로 "이럴 거야?"라고 말하며 셋을 노려보았다.

"정말이야? 나 기분 좋으라고 하는 소리 아니고?"

모르지아나의 얼굴이 아직 대답하지 않은 배불뚝이에게 향했다.

"시완의 글라이더는 분홍색이라고 법으로 제정해야 합니다!"

배불뚝이가 웅변하듯 소리쳤다. 모르지아나가 또 까르르 소리 높여 웃었다. 알리바바는 모르지아나 쪽으로 고개를 돌렸다. 웃는 얼굴만 보면 몰락한 나라의 운명과 백성을 짊어진 공주가 아니라 평범한 열일곱 살 소녀였다. 갑자기 온 세상이 다 사라지고 모르지아나의 웃는 얼굴만이 남았다. 열일곱 살 소년의 심장이 출전을 알리는 북처럼 울리기 시작했다.

그때 뒤통수에서 퍼억 하는 충격이 전해졌다.

"아얏!"

알리바바가 돌아보니 텁석부리였다. 그는 험상궂은 얼굴로 알리바바를 쏘아보았다.

"허튼 생각 하지 마라."

"내가 뭘 어쨌다고……! 어?"

가까이에서 본 텁석부리의 얼굴은 매끈하고 잔주름 하나 없었다. 수염 때문에 나이가 많아 보였던 것이다.

"몇 살이에요? 혹시 스무 살이라거나 그런 거 아니죠?"

"어딜 남자의 나이를 물어! 따라와, 공주의 글라이더를 보여줄 테니."

텁석부리가 정색을 하고는 앞장섰다.

"스무 살은 아닐 거야, 절대 아니야. 아니어야 해."

알리바바가 고개를 절레절레 저으며 텁석부리를 따라갔다.

알리바바는 모르지아나의 글라이더를 개조하는 작업에 들어갔다. 조종석을 그의 몸에 맞게 키우고 무기를 제거하고 중간 관절 몇 개를 빼서 무게와 길이를 줄였다. 알리바바가 숙련된 솜씨로 글라이더를 개조하는 모습을 지켜보던 모르지아나가 불쑥 입을 열었다.

"무스타파의 가족은 지난 전쟁 때 모두 죽었다고 들었어. 다섯 살 난 손녀를 포함해서……."

알리바바는 아무 내색 없이 손을 움직이며 가만히 볼 안쪽 살을 씹었다.

"그렇다고 무스타파가 네게 한 일을 정당화할 수는 없겠지."

"그 일이 제가 이 일을 하지 말아야 할 이유가 되지 않는 것처럼요."

알리바바가 나직하게 대답했다.

공주는 예상치 못한 답을 들은 표정을 지었다.

"공주의 글라이더는 이름이 뭐죠?"

알리바바가 화제를 바꾸듯 물었다.

"백조야."

"아……."

모르지아나의 글라이더는 전갈을 본뜬 형태였는데 화사한 분홍색을 칠했고 이름은 백조였다. 보기와 다르게 엉뚱하달지, 감각이 독특하달지……. 알리바바의 입가에 옅은 웃음이 걸렸다.

"네 건 이름이 뭐였어?"

"상냥한 지네요."

"상냥한 지네?"

쿡쿡 웃던 공주가 문득 중대한 사안을 확인하듯 물었다.

"색은 다시 칠하지 않을 거지?"

"네, 색까지 칠할 여유는 없어요."

"다행이야. 난 분홍색이 좋아. 언젠가는 시완의 색으로 돌아가야겠지만……."

알리바바는 잠자코 나사를 조였다. 모르지아나가 없을 때 텁석부리가 그를 붙들고 한참이나 으름장을 놓았다.

"우린 분홍색을 좋아해. 알겠어? 공주에게 허튼소리 하면 가만 안 둔다!"

"그걸 꼭 그렇게 울 것 같은 얼굴로 말해야 해요?"

"내, 내 표정이 어때서? 난 분홍색이 좋다고! 진짜야, 정말로, 진심으로 좋아해!"

"우르크의 글라이더는 붉은색, 바탄은 푸른색과 금색이죠. 시완은 분홍색이에요?"

"아니, 원래는 검은 바탕에 은색으로 백조 문양을 넣었어."

"백조 문양이야 정체가 들키면 안 되니 피했겠지만, 어쩌다 분홍색이 된 거예요?"

"공주는 어릴 때 유독 어둠을 무서워했어. 불을 끄면 아예 잠을 못 잘 정도였지. 여덟 살 무렵에 직접 글라이더를 타겠다고 고집을 부렸어. 왕비께서 허락하셔서 공주를 위한 글라이더를 만들면서 좋아하던 분홍색으로 칠했던 거야."

"검은색은 무서워했군요."

텁석부리가 고개를 주억거렸다.

"어린 공주가 다른 사람도 같은 색으로 하자고 조르니까 다들 들어줬던 거고요."

"아니, 처음에는 공주의 신하라는 뜻으로 우리가 자진해서 색을 맞췄어."

비적들은 어린 공주가 당시에는 40대였던 50대 비적의 수염을 땋아 리본으로 묶는 걸 귀여운 장난으로 받아들였듯, 어린아이와 잠시 놀아주는 기분으로 자신들의 글라이더도 분홍색으로 칠했었다.

"여기로 숨어 들어온 뒤 왕비께서는 나라를 잃었는데 성이 다 뭐냐고, 백성들과 똑같은 집에서 자고 똑같은 음식을 먹겠다고 하셨지. 병들기 전에는 농사일도 손수 하셨어. 왕비께서는 몸소 백성들의 삶을 함께하는데 공주는 잠깐만 한눈을 팔아도 공부방에서 도망쳐 개울로 가서 가재를 잡았는데……."

간다는 인사도 없이 사라지는 봄처럼, 공주는 한순간에 철이 들었다. 상인으로 변장해 직접 하누아를 둘러보고, 몸이 부서져라 글라이더를 타는 훈련을 했다. 비적들은 그 모습이 기특하고 대견한 이상으로 마음이 아팠다. 공주는 자라며 어둠을 두려워하지 않게 되었지만 아무도 원래 시완의 색으로 돌아가자고 말하지 못했다.

"왜 형을 만나게 해달라고 하지 않지?"

모르지아나의 말에 알리바바는 회상에서 돌아왔다.

"좋은 소리를 들을 리 없으니까요. 제가 다이아몬드 광산 입구를 찾으러 가는 걸 알면 벌침 맞은 불곰처럼 날뛸 거예요."

모르지아나는 그래도 형이 무사한지 확인하고 싶지 않으냐고 말하려다가 도로 입 속으로 삼켰다. 그녀는 외동이었기에 형제자매가 있는 사람들이 부러웠다.

그런 모르지아나에게 어머니는 형제자매간에는 그녀가 알지 못하는 일들이 있다고 이야기했다. 그러면서 나라를 찾는 게 전부가 아니라는 걸 잊지 말라고 덧붙였다.

'지금은 모두 똑같이 어려운 처지야. 사지에 몰려서 당면한 목표를 향해 협심하고 있지. 목표를 이루고 나면 그간 억눌려 있던 불만들이 터져 나올 거다. 배신하는 사람들이 나올 수도 있어. 하지만 배신자에게도 명분은 있지. 사람들에게 실망하지 말거라. 의지하지도 마. 공주는 스스로 굳건해야 하는 존재란다.'

카심의 이야기가 나오자 알리바바는 눈을 피했다. 얼굴이 시퍼런 멍으로 얼룩덜룩했다. 글라이더에서 떨어졌을 때 이미 저 얼굴이었다.

카심이 친 거구나.

왜 형이 동생을 저 지경으로 때린 걸까? 설사 알리바바가 무언가를 잘못했다 한들 무려 열두 살이나 어린 데다 체격도 훨씬 작은데…….

체격이 비슷한 사람이 서로 치고받는 건 싸움이다. 더 큰 자가 작은 자를 때리는 건 폭행이다.

"손은 어쩌다 다치신 거예요?"

알리바바가 물었다. 장갑을 끼지 않은 모르지아나의 오른손에는 약지와 소지가 없었다. 어려서부터 신체의 일부가 없는 사람을 많이 봐온 알리바바의 질문은 여상스러웠다. 모르지아나 또한 비슷한 상황에서 자란지라 가볍게 대답했다.

"아기 때 다쳤는데, 이곳에선 약을 구하는 게 어려워서 괴사하는 바람에 자를 수밖에 없었대."

모르지아나의 오른쪽 어깨와 팔은 왼쪽보다 확연히 발달해 있었다. 세 손가락으로 글라이더를 타기 위해 노력한 시간이 고스란히 엿보였다.

작업장을 나오는 모르지아나의 앞을 파하드가 가로막았다. 그는 인사도 없이 물었다.

"카심은 어쩌실 겁니까?"

"생각 중이야."

"죽이지 않으실 겁니까?"

"그건 최후의 수단이야."

"죽이고 싶지 않으시군요."

모르지아나는 부정하지 않았다.

➣

다음 날 아침 일찍 젊은이들이 백조를 수레에 실어 마을 중앙 광장으로 끌고 왔다. 광장에는 모르지아나, 네 비적, 무스타파, 시완의 백성들이 모두 모여 있었다. 지금 이 시각에도 하산의 병사들이 광산을 찾아 산을 뒤지고 있었다. 시험 비행을 할 기회는 딱 한 번뿐이었다.

알리바바는 가볍게 손을 풀고 백조에 올랐다.

"지금 알리바바의 표정이 어떤가?"

무스타파가 묻자 텁석부리가 대답했다.

"담담한데요?"

"좋은 징조군. 알리바바는 바람에 대해서는 거의 본능적인 감각이 있어. 긴장만 안 한다면 잘해낼 거야."

알리바바가 이륙하며 불어온 바람에 무스타파의 머리카락과 옷자락이 날렸다.

그는 알리바바를 아꼈으나 죽이려 들었던 걸 후회하지 않았다. 알리바바가 분지에 내려가겠다는 말을 하도록 유도한 것 또한 당연히 해야 할 일이었다. 알리바바가 실패한다면 누구도 할 수 없다는 뜻이리라. 알리바바의 목숨을 담보해서라도 다이아몬드 광산의 입구를 찾아야 했다.

무스타파는 파사에서 나고 자랐다. 가족, 태어나 자란 도시, 그의 나라가 전부 파도가 휩쓸고 간 모래사장처럼 허망하게 사라졌다. 이 분지에서 근근이 시완의 뿌리를 이어가는 사람들과 알리바바 한 사람 중 택해야 한다면, 그는 몇 번이고 같은 선택을 할 것이다.

그런데 알리바바 너는⋯⋯.

알리바바는 그가 알던 것보다 훨씬 더 강하고 단단한 아이였다. 솔직하게 말할 수는 없었느냐고 따진 뒤로 더는 그를 원망하는 기색을 보이지 않았다. 그가 그럴 수밖에 없었음을 받아들였다. 그가 한 짓을 용서했다는 뜻은 아닐지라도⋯⋯.

사람들의 함성과 환호, 열기가 바람을 타고 무스타파의 몸을 쓸었다. 알리바바가 분지의 바람을 성공적으로 타고 있는 것이다.

"알리바바!"

"알리바바!"

무스타파는 사람들이 알리바바의 이름을 연호하며 환성을 지르는 걸, 신이 나서 펄쩍펄쩍 뛰느라 흙먼지가 이는 걸 선명하게 감지했다. 알리바바가 카심의 동생이라는 걸 모두 잊고 있었다.

무사히 돌아와라, 알리바바. 전쟁의 위협이 사라지고, 우리가 평화롭게 살 수 있게 된다면, 네게 진 빚을 모두 갚으마.

후회하지 않는다고 해서 죄책감을 느끼지 않는 건 아니었다. 무스타파는 하늘을 바라보며 전심전력으로 알리바바를 응원했다.

알리바바의 글라이더가 분지의 거친 바람을 지나 태양까지 닿을 듯 높이 솟아올랐다. 각기 다른 글라이더로 분지의 바람을 이겨내면서 알리바바의 조종술은 비약적으로 도약했다. 그의 얼굴이 스스로가 성장했음을 인지한 자의 희열로 잘 익은 능금처럼 달아올랐다. 알리바바는 커다란 8자 비행을 끝으로 시험 비행을 마치며 무사히 착륙했다. 그의 전신에서 분수처럼 자신감이 뿜어져 나왔다. 알리바바는 몰랐겠지만 그는 이 순간 단지 한 번의 비행을 성공한 게 아니라 소년기를 지나 청년기로 가는 문턱을 넘고 있었다.

해가 질 때까지 투락산을 뒤진 하산과 두반이 집으로 향했다.

"초조해할 것 없다. 이제 고작 수색 나흘째야."

두반에겐 그렇게 말했으나 정작 초조한 건 하산 자신이었다.

시완을 마지막으로 바탄의 정복 전쟁은 끝났다. 그가 직접 병사들을 부리는 게 십수 년 만이었다. 늙은 몸이 삐걱거렸다. 게다가 그는 투락산 수색이 처음이었다. 투락산은 높고 낮은 협곡이 폐가의 담벼락 실금만큼이나 많았다. 곡예비행을 하며 협곡들을 수색하던 글라이더 몇 기가 추락했다. 안전한 높이에서 협곡들을 확인하려는 건 말을 타고 달리며 토끼 굴을 찾겠다는 것과 같았다. 결국 발로 뛰며 수색해야 했다.

"아버지, 꼭 제가 직접 지휘해야 하나요?"

두반이 앓는 소리를 냈다.

"몇 번이나 말해야겠느냐? 내 사병은 북쪽에서부터, 네가 지휘하는 공주의 병사들은 남쪽에서부터 수색하고 있으니 혹 마주치더라도 무마하려면 네가 있어야 한다고. 공주를 따르는 부대장들은 확실히 포섭했겠지?"

"네."

수없이 들은 잔소리에 귀가 따가워진 두반이 건성으로 대답했다. 아들의 한심한 모습에 하산의 복장이 터졌다.

두 사람이 저택에 들어서자 노예가 다가와 말했다.

"파하드라는 자가 나리께 긴히 드릴 말이 있답니다."

"파하드?"

하산과 두반은 응접실로 갔다. 파하드가 그들을 기다리고 있었다.

"파하드…… 들어본 이름이야. 무스타파의 수석 도제였나?"

"그렇습니다."

"무슨 일로 날 찾아왔지?"

파하드가 품에서 열쇠를 꺼내 탁자 위에 내려놓았다. 공주의 것과 똑같은 열쇠였다.

"비적단의 소굴로 안내해 드리겠습니다."

"그게 정말이냐?"

두반이 뛸 듯이 기뻐했다. 하산은 의심스러운 눈초리로 파하드를 바라보며 물었다.

"네가 비적단의 소굴을 어떻게 알지?"

"그들의 일원이니까요."

"그걸 어떻게 믿지?"

"닷새 전 비적단이 카심을 잡았습니다."

"카심이 행방불명이었던 게, 네놈들에게 잡혀서였다고?"

두반이 배를 잡고 웃어댔다. 미천한 출신 주제에 늘 뻣뻣하게 굴던 카심이 비적단의 포로 신세라니, 직접 한 방 먹인 양 통쾌했다.

"왜 배신하려는 거지?"

하산이 신중한 어조로 물었다.

"놈들이 카심을 죽이지 않으려 하니까요."

"카심에게 원한이 있나?"

"비적단의 정체를 아십니까?"

"시완의 잔재겠지."

"아시는군요. 저도 시완 출신입니다."

"그런데?"

"제 부모를 죽인 건 카심의 아버지입니다. 그런데 그 자는 죽었고, 카심은 대장군이 되었지요."

"카심에게 복수하고 싶다?"

"카심을 제 손으로 죽이게 해주십시오."

파하드의 전신에서 짙은 살의가 아지랑이처럼 피어올랐다.

"16년이 흘렀어. 그간 시완의 잔재들도 무장을 갖추지 않나."

"그래 봐야 비적질이 한계죠. 마을에 있는 건 대부분 여자와 햇병아리들입니다. 무장한 병사들을 데리고 가면 쉽사리 제압할 수 있습니다. 전 이제껏 카심을 죽이겠다는 일념으로 살아왔습니다. 하누아에 숨어들어 충실히 첩자 역할을 해왔어요! 그런데 키미아 공주의 연인이라 협상의 중요한 패니 죽이면 안 된다지 않습니까?"

파하드가 짓눌린 목소리로 말했다. 그는 입구를 여미기도 힘들 정도로 콩을 쑤셔 넣어 터지기 일보 직전의 낡은 포대 같았다.

하산은 턱수염을 쓰다듬었다.

"다이아몬드 광산이 있는 곳을 아나?"

"그건 아무도 모릅니다. 알았다면 진즉 찾아서 바탄과 협상을 했겠지요. 당시 광부들도 징집되어서 전쟁에 참여했습니다. 운 좋게 살아남은 자가 있더라도 행방을 모릅니다."

"흠……."

"아버지, 내일 바로 출전하죠!"

조금 전까지만 해도 시든 채소처럼 늘어져 있던 두반이 화색을 띠며 말했다.

➤

알리바바는 네 비적, 모르지아나와 함께 마을을 나와서 바람굴 입구에 섰다. 비적들은 굳이 입구를 감추려고도 하지 않았다. 투락산에는 이런 수직 동굴이 셀 수 없이 많았다.

나락처럼 깊고 음산한 구멍 아래에서 어두운 힘을 가진 태곳적 존재의 숨결 같은 광포한 바람이 불었다. 어린 시절부터 글라이더를 타고 창공을 누벼온 알리바바인데도 고소 공포를 느끼며 전신에서 식은땀이 흘렀다. 그러면서도 최면이라도 걸린 양 칠흑 같은 동굴 입구를 계속보게 되었다.

"알리바바."

모르지아나가 그를 불렀다. 알리바바는 악몽에서 깨어나듯 고개를 들었다.

"지금까지 바람굴을 탐사한 기록을 다시 살펴봤어."

알리바바는 모르지아나의 말에 귀를 기울였다.

"내 글라이더 스승은 여러 번 도전했어. 100미터, 200미터, 조금씩 단계별로 내려갔지. 450미터 지점까지 탐사한 뒤에, 다음에는 끝까지 갈 수 있을 것 같다고 했어. 그 아래 바람은 안정적인 것 같다면서 말이야. 내 생각에는 거기가 문제야. 어렸을 때……."

한 걸음 다가온 모르지아나가 다른 이들에게는 들리지 않도록 작은 소리로 말했다.

"비행에 자신감이 붙었을 무렵, 약 200미터 깊이의 바람굴에 내려가 본 적이 있어. 스승은 아무리 깊이가 얕더라도 절대 혼자 바람굴에 내려가면 안 된다고 신신당부했지만……."

알리바바는 무슨 뜻인지 안다는 눈빛을 돌려주었다. 하지 말라면 하고 싶어지는 게 아이들이었다.

"절반쯤 내려가니 바람도 안정되고, 별거 아니다 싶었는데 갑자기 돌풍이 불었어. 굴 옆에 육안으로는 보이지 않는 틈새가 있었나 봐. 그 바람에 휘말리는 바람에 죽을 뻔했어. 이 바람굴도 비슷할지도 몰라. 여기서부터는 안전하다고 느껴지는 지점에 뭔가 있을 거야."

비적단의 두목, 멸망한 나라의 공주이자 열일곱 살 소녀라는 여러 얼굴을 가진 이가 그의 안위를 염려하고 있었다. 햇빛을 받아 부드러운 밤색으로 빛나는 눈동자에 그의 모습이 비쳤다.

"네, 공주. 명심하겠습니다. 염려 마세요. 반드시 성공할 겁니다. 바탄과 시완의 평화를 위해서, 형을 위해서……."

그리고 공주를 위해서…….

알리바바는 얼굴이 홧홧해져 마지막 말은 하지 못했다. 그는 바람이 부는 방향으로 고개를 돌려 정체 모를 열기를 날려 보냈다.

"그 목걸이를 가지고 있나요?"

모르지아나가 옷 속에서 목걸이 줄을 당겨 꺼냈다. 카심에게서 되찾은 뒤 다시는 잃어버리지 않겠다고 다짐한 목걸이였다.

"전에 달빛이 비치자 문양 같은 게 벽에 반사되는 걸 봤어요. 목걸이 장식이 광산과 관련이 있을지도 몰라요."

"어릴 때부터 촛불부터 달빛, 햇빛까지 온갖 빛에 다 비춰봤지만 의미를 찾지 못했어. 네 말대로 광산에서 답을 찾을지도……."

모르지아나가 목걸이 줄을 들어 올리자 알리바바가 고개를 숙였다. 모르지아나의 손끝이 알리바바의 목덜미를 스쳤다.

"내겐 아주 중요한 목걸이야. 그러니까……."

"반드시 무사히 가지고 돌아오겠습니다."

알리바바는 백조에 올랐다. 백조의 밑면에서 수직 이륙을 위한 돌풍이 불었다. 공주는 뒷걸음치면서도 알리바바에게 시선을 고정했다. 무사히 돌아오겠다는 말이 영원한 작별 인사로 남은 이들의 얼굴이 그녀의 머릿속을 스쳐 지나갔다. 알리바바는 바람굴로 사라졌다.

➤

코지아는 키미아에게 우르크에서 온 서신을 건넸다. 키미아는 서신을 다 읽은 뒤에도 표정에 변화가 없었다.

"이리 묵살하실 일이 아닙니다. 우르크를 적으로 삼을 생각이 아니시라면요."

코지아가 으름장을 놓았다.

"누가 묵살했다는 거지?"

키미아가 무미건조한 어조로 물었다.

"하면 답을 주셔야지요."

서신의 내용은 마무드 왕자가 비적에게 납치당했던 일에 대한 강력한 항의였다. 그러면서 키미아가 마무드와 결혼하면 그 일을 문제 삼지 않겠다는 압박을 가하고 있었다.

"카심의 행방이 며칠째 묘연해. 처벌이 두려워 도망친 게지. 그를 대장군의 자리에서 박탈하겠다."

"그걸로 충분하다 보십니까? 그리고 카심이 처벌을 피해 도망친 거라고요?"

코지아가 코웃음 쳤다.

"마무드 왕자를 바탄으로 안전하게 데려오는 책임은

그대에게 있었지. 그런데 비적들의 유인에 넘어가 왕자가 납치될 때 코빼기도 안 보였다면서? 목격자가 한둘이 아니야. 우르크의 두 왕자는 그 일을 알고 있나?"

"그, 그건……!"

"바탄의 골칫거리인 비적단을 해결하는 자가 내 남편이 될 걸세. 사실 지위 고하를 막론하고 비적단 우두머리의 목을 베어 오는 자를 남편으로 맞이하겠다는 방을 붙이는 것도 고려하고 있어."

자신만만하던 코지아의 낯빛이 흙빛으로 바뀌었다.

"바탄에는 유능한 장수가 필요해. 비적들을 소탕한 뒤에도 마찬가지. 그대는 바탄에 정착할 수도 있어. 과한 욕심만 부리지 않는다면."

사무적인 어조로 말을 마친 키미아가 다른 서류로 시선을 옮겼다.

코지아는 치를 떨며 집무실을 나왔다. 고작 열여덟 살짜리 공주에게 휘둘리는 상황에 울화가 치밀었다.

방에는 매수해 둔 하산의 노예가 기다리고 있었다. 노예는 파하드라는 자가 비적단을 배신하고 하산에게 시완의 본거지에 대한 정보를 주었다고 했다.

"그게 어딘데?"

"거기까지는 듣지 못했습니다. 엿듣는 게 들키면 산 채로 껍질이 벗겨집니다, 나리."

"쓸모없는 것, 가봐!"

노예가 떠나자 코지아는 초조하게 방을 서성거렸다. 발등에 불이 떨어졌다. 하산이 비적단을 토벌하면 공주는 두반과 결혼할 것이다. 두반과 결혼하면 바탄의 재정 문제가 해결되었다. 우르크의 두 왕자는 왕위 다툼을 벌이느라 말로만 으를 뿐 당장 조치를 취할 여력이 없었다. 키미아도 그걸 알기에 뻗대는 것이었다.

코지아는 밖에 있는 노예에게 마무드를 방으로 데려오라 일렀다. 마무드는 시종처럼 부름에 응했다.

"날 찾았다고?"

코지아는 마무드에게 눈길도 주지 않고 탁자 위에 놓인 모래시계를 뒤집었다. 마무드는 영문 모를 화풀이를 당하며 그의 앞에 엉거주춤하게 앉았다. 모래가 다 떨어지기 직전, 코지아는 다시 모래시계의 방향을 바꾸었다. 그리고 말없이 모래가 떨어지는 모습을 지켜보았다.

그는 우르크에서 마무드의 호위병으로 1500명을 데려왔다. 첫째와 둘째 왕자는 바탄을 힘으로 압박해서라도 마무드가 키미아와 결혼하기를 바랐다. 당연히 1500명으로 키미아와 싸울 수는 없었다. 그래도 압박을 가할 정도는 되리라 믿었다.

그런데 하산의 사병이 무려 5000명이었다. 키미아의 병사 3000명과 그의 병사 1500명을 합쳐도 하산이 500명이 더 많았다. 물론 키미아의 병사는 3000명이 다가 아니었다. 바탄을 지키는 병사들이 합류한다면 승산은 있었다.

문제는 키미아가 움직여 줄지 여부였다. 극단적인 상

황이 오지 않는 한 키미아는 힘으로 하산을 누르려 하지 않을 것이다. 하산 또한 마찬가지다. 키미아는 백성들의 절대적인 지지를 받고 있다. 하산은 키미아에게 위협을 가하느니, 공을 세운 뒤 두반과 그녀를 결혼시키려 들 것이다. 쉬운 길을 놔두고 왜 험한 길을 택하겠는가.

"왕자."

두 번째 모래가 다 떨어질 무렵에야 코지아의 고개가 들렸다.

"말하게."

마무드가 이제라도 자기가 있다는 걸 알아줘서 고맙다는 얼굴로 대답했다.

"키미아와는 진전이 좀 있습니까?"

"전보다는 확실히……."

"호오?"

코지아는 왕자의 표정을 낱낱이 살폈다. 이전처럼 한 없이 움츠러든 모습은 아니었다.

"키미아를 저녁 식사에 초대하십시오."

"알겠네."

"전 우르크로 돌아가도 괜찮습니다. 사촌들이 있는 건 아시지요? 그들에게도 왕위 계승권이 있다는 것도요. 명심하세요. 이번이 왕자에게 주어진 마지막 기회입니다."

"명심하지."

왕자를 내보낸 코지아는 의자 깊숙이 몸을 묻었다. 조금 전에 한 말은 마무드를 위협하기 위한 소리에 불과했

다. 사촌들 따위 몇이든 다 잔챙이였다. 그들을 데리고 왕
위 경쟁에 뛰어드는 건 호랑이와 사자의 싸움에 들개를
데리고 가는 것과 같았다.

마무드를 기필코 공주와 결혼시켜야 했다. 그러려면
하산부터 제거할 필요가 있었다. 하산이 비적을 토벌하면
코지아는 곧장 바탄을 떠나야 했다. 하산이 자기를 죽이
려 들 테니까. 그는 하산의 마음을 거울처럼 읽을 수 있었
다. 자기가 하산이었어도 같은 선택을 했을 것이다.

바탄이 주변의 자잘한 나라들을 정리할 때 우르크도
그러했다. 현재 두 나라가 가장 강자의 자리에 있었다. 우
르크는 두 왕자의 왕위 경쟁으로, 바탄은 후계자가 정해
지지 않아 휴전 상태에 있으나 언젠가 두 나라가 칼을 맞
댈 날이 올 것이다. 코지아는 단 한 순간도 어중간한 자리
에서 그 싸움을 남 일처럼 바라보는 자신의 모습을 그려
본 바 없었다.

키미아와 마무드는 연못가에 서서 오색 붕어들에게
먹이를 던졌다.

"어느새 꽃이 모두 졌군요."

마무드가 푸른 잎을 무성히 피워 올린 라일락에게 시
선을 주었다.

"꽃은 원래 한순간이지요."

키미아가 대꾸했다.

"꽃이 져도 나무는 그 자리에 있습니다. 무더운 여름

에는 그늘을, 비바람이 몰아칠 때는 가림막이 되어주면서
요. 키미아."

마무드는 진지하고 깊은 눈으로 키미아를 응시했다.

"나는 정사를 돌보는 법도, 군주가 강할 때는 엎드리
다가 약해지면 머리 꼭대기에 올라앉으려는 신하들을 다
루는 법도 배우지 못했습니다. 자라는 내내 칼리프의 막
내 왕자라는 사실에 안도했습니다. 칼리프의 자리야 누가
맡든 저는 평생 호의호식하며 살 줄 알았거든요. 하나, 비
바람을 맞지 않는 나무는 없듯 제게도 시련이 찾아왔습니
다. 그리고 나무가 모진 비바람을 이겨내며 단단해지는
것처럼 저도 시련 속에서 성장했습니다. 그래 봐야 열세
살이란 어린 나이부터 국정을 맡아온 당신이 보기에는 턱
없이 부족하겠지요. 나는 당신 말대로 그저 무력한 꽃일
지도 모릅니다. 그래서 무해하죠. 당신 곁에는 무해한 사
람이 필요합니다. 당신이 언제든 지친 머리를 기대고 쉴
수 있는 사람이요. 키미아, 나는 우리가 마음으로 함께하
길 바랍니다. 왜냐하면 나는……."

마무드의 목소리와 눈빛에 파문이 일었다.

"당신을 사랑하게 될 것 같거든요. 당신을 위해서라면
무엇이든 할 수 있을 것 같은 기분이 듭니다. 비적들이 공
격하자 이불 속에 숨던 내가, 당신에게 힘이 된다면 절벽
에서 뛰어내리는 것도 가능할 것 같은 용기가 나요."

마무드는 두 손을 키미아의 어깨에 올렸다. 키미아의
전신이 딱딱해졌다. 마무드는 자신의 상체를 밀어 키미아

를 안았다. 뻣뻣하나 안겨 있던 키미아가 마무드를 세차게 밀어내더니 돌아서서 달렸다.

숨어 있던 코지아의 만면에 웃음이 퍼졌다. 키미아는 말 몇 마디로 마무드를 제압할 수 있었으나 그러지 않았다. 마무드가 팔을 뻗는 동안 가만히 서 있었다. 그러더니 여느 부끄럼쟁이 소녀처럼 뛰어서 도망쳤다.

사랑에 빠진 자는 어리석어진다. 바탄의 칼리프는 바탄을 강대국으로 만들 만큼 명석하고 용맹했다. 그런데 생일 선물로 세상에서 가장 큰 다이아몬드를 갖고 싶다는 왕비의 말 한마디에 시완으로 달려갔다. 다이아몬드는 찾지 못했고 왕비는 죽었다. 절망으로 폭주한 바탄의 칼리프는 바탄이 내리막길을 걷게 만들었다. 키미아가 없었다면 바탄은 진즉 하산의 나라로 바뀌었을 것이다.

마무드가 키미아의 뒤를 쫓아갔다. 코지아는 그가 키미아의 앞에 서서 무언가를 애절하게 말하는 모습을 보았다. 어떤 상황에서도 목각 인형 같던 키미아가 혼란스러운 몸짓으로 그러나 묵묵히 그의 말을 듣고 있었다.

코지아는 마무드에게 해야 할 말을 단단히 일러두고 연습까지 시켰다.

코지아를 믿으세요, 공주. 그가 데려온 병사들의 도움을 받아 하산의 사병을 제거하는 겁니다! 그리고 하산은 몰래 사병을 키운 죄로 목을 잘라버리세요.

마무드가 키미아의 두 손을 잡아 올려 손바닥에 입을 맞췄다. 달빛이 두 사람을 비추며 긴 그림자를 늘어뜨렸다.

바람굴의 입구에서부터 100여 미터 아래까지는 폭이 10미터밖에 되지 않았다. 길이 3.5미터였던 백조의 관절을 세 개 떼어내 2미터로 줄였으나 결코 여유로운 상황은 아니었다. 알리바바는 요동치는 파도 위에서 판 하나를 딛고 제자리에 서 있는 수준의 묘기를 부려야 했다. 글라이더가 흔들릴 때마다 전조등이 요란하게 움직였고 그에 따라 그림자도 도깨비처럼 날뛰었다.

알리바바는 백조의 앞뒤, 좌우에 수직 이륙기를 응용한 장치를 달아 바람을 내뿜도록 개조했다. 그렇게 조금씩 바람을 뿜으며 어느 쪽으로도 치우치지 않으려고 노력했다. 하지만 아래에서 예고도 없이 몰아친 돌풍에 몇 번이나 벽에 부딪칠 뻔했다. 한순간의 실수가 목숨을 날려 버릴 수 있는데도 알리바바는 호흡 한 번 흐트러뜨리지 않고 글라이더를 조종했다.

바람굴은 좁아졌다 넓어지기를 반복했는데 코스마다 난도가 달랐다. 가장 좁은 곳은 5미터로, 작은 실수 한 번에 벽과 충돌할 수 있었고, 넓은 곳은 벽과 글라이더 간의 거리를 가늠하기 이려워 중심을 잡기 힘들었다. 알리바바는 균형을 유지하며 내려가는 데에만 온 정신을 쏟았다. 어느 순간 머릿속에서 모든 사념이 사라졌다. 여기가 어디인지, 무엇을 왜 하는지마저 잊었다. 시간의 흐름도 느끼지 못해 1분이 지났는지 1시간이 지났는지 몰랐다. 그는 위로 올라가는지 아래로 내려가는지조차 의식하지 못한 채로 글라이더를 조종했다.

불현듯 복잡한 조종간을 이리저리 오가던 손이 멈추었다. 알리바바는 기절했다 깨어난 사람처럼 어안이 벙벙해졌다. 날뛰던 야생마가 길들여진 것처럼 통제되지 않던 바람이 온순해져 있었다. 분지의 바람을 넘었을 때와 비슷한 느낌이었다.

성공했구나!

전신이 폭죽으로 화해 터지는 듯 희열이 그를 휘감고 돌았다. 성공했어!

알리바바는 발을 구르며 함성을 질렀다. 그의 웃음소리가 많은 사람들의 환호인 양 사방 벽에 부딪쳐서 메아리쳤다.

알리바바는 여유롭게 하강했다. 왼쪽 벽에서 무언가 전조등의 불빛을 받아 반짝였다. 글라이더의 파편이었다. 바람굴을 내려오기 전, 모르지아나가 한 말이 머릿속을 스쳤다. 조종간을 잡은 알리바바의 온몸에 다시 힘이 들어갔다. 동시에 오른쪽에서 댐이 뚫려 물이 쏟아지듯 강력한 바람이 몰려왔다. 백조가 벽을 들이받기 바로 직전에야 알리바바는 글라이더를 제어하는 데 성공했다. 하지만 끝이 아니었다. 백조는 한쪽 날개로 벽을 긁으며 추락했다. 귀를 찢는 거친 소음과 함께 불똥이 긴 포물선을 그렸다. 곧 마찰로 인해 날개가 모두 갈렸다. 다음은 몸체였다. 수십 명의 거한이 글라이더를 벽에 밀어붙이는 것 같았다. 알리바바는 꼬리날개를 우측으로 최대한 틀고 틈을 노렸다. 아주 잠깐이라도 바람이 약해지는 순간이 온다면……

지금이다 싶은 찰나에 알리바바는 꼬리날개로 있는 힘껏 벽을 쳤다. 꼬리날개를 대가로 알리바바는 벽에서 벗어날 수 있었다. 이제 글라이더는 옆으로 기운 채 추락하기 시작했다.

제발!

반쯤 부서진 전조등이 희미한 빛으로 아래를 비췄다. 거대한 반구형 공터가 얼핏 보였다. 글라이더의 머리가 바닥에 닿는 순간 알리바바는 조종간을 당겼다. 글라이더는 땅을 파고들며 앞으로 나아가다 벽에 부딪치기 직전에 멈췄다. 알리바바는 거친 호흡이 진정된 후에야 글라이더에서 내렸다.

해냈어!

알리바바는 고개를 들어 자신이 내려온 바람굴의 입구를 찾았다. 어둠뿐이었다. 이제 이곳에서 죽지 않으려면 광산 내부로 들어가서 비밀 출입구를 찾아야 했다. 하지만 조금도 걱정되지 않았다. 역경을 이겨낸 사람이 그러하듯 무엇이든 해낼 수 있을 것 같은 자신감이 그를 지배했다.

알리바바는 손전등을 들고 동굴을 살폈다. 활활 타오르던 모닥불이 소나기에 꺼지듯 그의 희열이 일시에 식었다. 불빛이 닿는 곳마다 박살 난 글라이더와 해골이 즐

비했다. 누워서, 벽에 기대서, 서로가 서로의 마지막 숨을 위로하듯 어깨를 맞붙인 주검들이었다. 근처에는 끌과 정, 망치 따위가 놓여 있었다. 힘이 다할 때까지 무너진 입구를 파내려 몸부림친 흔적이었다. 알리바바는 벽에 새겨진 글귀에 손전등을 가까이 가져갔다. 온통 바탄에 대한 저주였다. 거칠게 휘갈긴 선에서 죽음을 목전에 둔 광부들의 비명이 들리는 것만 같았다.

이들은 생전에 파사의 주민이었을 것이다. 타인의 주검을 짓밟고 선 도시에서 그는 가난할지언정 친구들, 이웃들과 함께 충만한 시간을 보내며 자랐다.

'네가 그따위 말을 할 자격이 있어?'

배불뚝이의 절규가 벌 떼처럼 심장에서 윙윙댔다.

이제껏 그가 누려온 행복은 누군가의 절망이었다.

알리바바는 눈을 감고 그들을 위한 기도를 올렸다. 기도를 마친 알리바바는 광산 안으로 들어갔다. 갈림길이 나오면 뾰족한 돌로 긁어 표시를 하며 걸었다. 하지만 다이아몬드 광산은 다른 광산보다 몇 배는 컸다. 무작정 헤매다가는 언제 비밀 문을 찾을지 몰랐다.

내가 광부였다면 어떻게 했을까?

입구가 막혀 광산에 갇혔다면 어떻게든 다시 입구를 뚫어보려 했을 것이다. 비밀 문의 존재를 알던 이들은 비밀 문을 열려고 했으리라. 열쇠가 있든 없든 살기 위해서라면 뭐든 시도하기 마련이었다.

알리바바는 드문드문 이어진 해골을 길잡이 삼아서

걸었다. 꺾고 꺾이는 갱도를 몇 번이나 지나 들어간 한 광에서 알리바바는 숨을 멈췄다. 수십여 구의 해골들이 어지럽게 흩어져 있었다. 죽은 이들의 시선이 닿은 곳엔 절망보다 거대한 철문이 있었다.

그는 이번에도 그들의 안식을 위한 짧은 기도를 올렸다. 기이하게도 기도를 마치고 나면 해골들이 두렵지 않았다. 그저 슬픔과 연민만이 차올랐다.

알리바바는 손전등 빛을 비춰 철문과 그 주변을 면밀히 살폈다. 철문 위에 500캐럿은 되어 보이는 다이아몬드 원석이 박혀 있었다. 손전등으로 원석을 비추자 빛이 반사되었다.

설마?

알리바바는 목걸이에 그 빛을 받아보려 했으나 아직 덜 여문 기술자가 만든 톱니바퀴처럼, 딱 맞는 그림이 나오지 않았다. 진땀이 흐르고 숨이 막혔다. 이리저리 위치를 바꿔가며 불빛을 받아내던 알리바바의 발에 해골이 차였다.

"으악, 죄, 죄송합니다!"

알리바바는 펄쩍 뛰어 물러섰다. 그런데 해골의 위치가 어딘지 모르게 이상했다.

광산에 갇힌 사람들은 어떤 생각을 했을까? 가족? 죽기 싫다는 생각? 어떻게 빠져나갈지? 물론 그랬을 것이다. 그러나 누군가는 자신의 목숨이 고통스럽게 끝나리라는 걸 알면서도 시완의 광산을 적에게 넘기지 않기 위해 무언가를 하지 않았을까? 가령 적들이 알면 안 되는 곳을 몸으로 가린다거나……

생의 끝을 목전에 둔 사람들은 약해진 몸을 벽에 의탁했다. 그런데 이 해골만 특이하게 휑한 중앙에 쓰러져 있었다. 알리바바는 두 손으로 정중하게 해골을 치웠다. 해골의 밑에 있던 매끄러운 금속판이 드러났다. 알리바바는 그 자리에 두 발로 서서 손전등으로 다이아몬드 원석을 비췄다. 그러자 반사된 빛이 알리바바의 가슴께로 돌아왔다. 알리바바는 목걸이를 가슴 위에 놓았다. 목걸이가 재차 반사한 빛이 벽 한쪽에 어떤 모양을 만들었다. 알리바바는 돌벽으로 다가갔다. 빛과 그림자의 조화가 울퉁불퉁한 돌벽에 목걸이의 형태를 드러냈다. 알리바바는 목걸이를 끼웠다. 돌벽은 꿈쩍도 하지 않았다.

잘못짚었나? 아니면 오래되어 망가졌나?

사람이 잠에서 온전히 깨기까지 시간이 걸리듯, 오래도록 닫혀 있던 문도 다시 작동하기 위한 시간이 필요했던 양 느린 속도로 벽이 움직이기 시작했다. 열린 문으로 빛이 쏟아져 들어왔다.

알리바바가 밖으로 나오자마자 문이 닫혔다. 누가 봐도 평범한 돌벽이었다.

알리바바는 광산 안에서 열쇠 구멍이 있던 곳과 비슷한 위치를 꼼꼼히 살폈다. 분지 입구도 안팎의 구조가 유사했다. 한 번 목표로 한 그림을 찾으면 그 뒤부터는 선명히 보이는 숨은그림찾기처럼, 이번에는 반사광의 도움 없이도 열쇠 구멍을 찾을 수 있었다. 알리바바는 열쇠 구멍에 목걸이를 끼웠다. 문이 열리자 어둠 속에서 죽어간 이들에게 빛이 내리쬐였다.

➤

하산은 두반을 앞에 두고 말했다.

"내가 어떻게 하라고 했지?"

"산에서 대기하다가 아버지가 신호를 보내면 병사들을 데리고 이동하라고요."

"그래. 코지아 놈, 지금쯤 의기양양해서 우리를 칠 준비를 하고 있겠지."

하산이 흡족한 웃음을 지었다.

코지아가 그의 노예를 매수하려 들리라 예상한 하산은, 노예들을 모두 모아 꼬임에 넘어가는 놈은 산 채로 껍질을 벗기겠다고 엄포를 놓았다. 또한 매수당하는 척하고 와서 고하는 자에게는 금화 열 개를 주겠다고 약조했다.

코지아가 포섭한 노예는 하산의 지시를 충실히 이행했다. 하산은 노예에게 파하드가 다녀간 사실을 코지아에게 알려주라고 했다. 그가 바란 대로 코지아는 함정에 걸려들었다. 코지아는 필히 그가 비적들을 소탕하기 전에 치려고 할 것이다.

하산은 공격을 유도한 뒤, 그걸 빌미로 코지아를 처단할 생각이었다. 키미아의 병사들이 증인이 되어줄 것이다. 코지아만 제거하면 마무드는 끈 떨어진 꼭두각시였다. 두반과 키미아의 결혼식에 초대해서 한 상 잘 차려 먹인 후 우르크로 돌려보내면 되리라.

하산은 어깨를 흔들며 흥겹게 웃었다.

밤이 이슥해지자 하산은 남몰래 하누아를 빠져나갔다. 날이 밝으면 그로 변장한 부하가 사병들을 이끌고 코지아를 유인할 것이다. 코지아가 부하를 공격할 때 숨어 있던 병사들로 치면 간단하게 제압할 수 있었다.

➢

하산의 예상대로 코지아의 병사들은 투락산 부근 들판에서 야영을 하고 있었다.

코지아는 아무리 키미아가 눈감아 주고 있다고는 해도 하산이 5000명이나 되는 병사를 대놓고 움직이지는 못할 거라고 예상하고 있었다. 흩어져 있는 하산의 병사들이 집결하기 전에 쳐야 했다. 하산만 죽이면 승리는 그의 것이었다.

"일이 너무 쉽게 돌아가는 것 같지 않습니까? 그 오만한 공주가 마무드의 말을 지나치게 순순히 받아들였어요. 키미아답지 않습니다."

코지아의 부관이 불안한 얼굴로 말했다.

"흠……. 조심해서 나쁠 건 없겠지. 넌 성에 남아서 마무드를 엄중히 감시하고 조금이라도 이상한 조짐이 보이거든 즉시 내게 알려라."

"옛!"

➤

카심이 사라진 뒤 오마르가 그를 대리하고 있었다. 오마르는 병사 한 명을 대동하고 키미아를 만나러 왔다.

"긴히 드릴 말씀이 있습니다."

오마르가 다가와 나직하게 말했다. 키미아는 주위를 물렸다.

"무슨 일이지?"

키미아의 물음에 답하듯 오마르의 뒤에 있던 병사가 한 발 앞으로 나와 투구를 벗었다.

"시완의 모르지아나 공주가 키미아 공주를 만나고 싶어 합니다. 전 카심 대장군의 동생, 알리바바입니다. 형은 지금 시완의 포로로 잡혀 있습니다. 형은 무사……!"

"시완의 공주가 나를 왜?"

알리바바의 손끝이 저릿해졌다. 키미아에게서는 카심을 걱정하는 기색이 조금도 보이지 않았다.

"모르지아나 공주의 편지를 가져왔습니다."

당혹감을 채 감추지 못하며 알리바바는 모르지아나의 편지를 건넸다.

키미아는 마치 투시력이 생기길 기대하는 사람처럼 편지 봉투를 뚫어져라 바라보았다. 봉투는 시완의 문장으

169

로 봉인되어 있었다. 사라진 나라의 문장이 잊고 있던 기억을 불러왔다. 어린 시절 그녀는 아버지가 훌륭한 일을 하느라 자기를 돌보지 못하는 거라고 믿었다. 아버지를 자랑스러워했다.

키미아는 봉투를 열었다. 바탄의 대장군임을 증명하는 카심의 금속 패와 함께 편지가 들어 있었다.

'시완의 공주로서 시완과 바탄이 공존할 수 있는 길을 논의하고자 합니다. 나를 만나러 와주십시오.'

키미아는 오마르에게 편지를 건넸다.

"함정입니다."

오마르가 단언했다.

"절대 아닙니다! 모르지아나 공주는 좋은 사람이에요! 키미아 공주만큼이나요."

알리바바가 다급하게 끼어들었다. 희미하게나마 키미아의 얼굴이 달라졌다. 수시로 그녀를 닦아세우는 하산과 코지아 앞에서도 안색이 변한 적 없던 키미아였다.

"내가, 좋은 사람이라고?"

"그럼요! 어릴 때 저를 돌봐준 사람들 모두 공주가 일자리를 만든 덕에 빵을 구했다면서 제게도 나눠 줬어요. 전 모르지아나 공주를 직접 만나봤어요. 키미아 공주처럼 현명하고 백성들을 사랑하는 따뜻한 공주예요. 두 분이 만나서 이야기를 한다면……."

알리바바의 목소리가 점점 작아졌다. 키미아가 대륙 너머에 사는 불가사의한 동물이라도 보듯이 알리바바를 주시하고 있었다.

"아하핫!"

키미아가 어깨를 흔들며 웃었다. 오마르가 뱀을 마주친 개구리처럼 굳었다. 키미아가 소리 내어 웃는 모습을 본 사람은 아무도 없었다.

"따뜻하다고? 내가?"

"네. 다들 공주를 사랑해요. 고마워하고……"

알리바바는 용기를 내어 말을 이었다.

키미아의 표정이 다시 기이해졌다. 이제껏 그녀는 백성들이 자신을 어떻게 생각하는지 돌아본 적이 없었다. 그저 바탄의 공주로서 주어진 일을 해왔다.

날. 사랑한다고?

없는 시간을 쥐어짜 변장을 하고 나가서 하누아를 시찰했다. 백성들은 더러운 집에서 굶주리며 참혹하게 살고 있었다. 아버지는, 칼리프는 뭘 했기에 백성들이 이 지경이 되었는가? 국정을 맡고 보니 국고는 비었고 빚만 산더미였다. 어디서부터 뭘 어떻게 하란 말인가? 신하들은 힘이 되기는커녕 그녀가 어리고 경험이 부족한 틈을 타 제세력을 불릴 궁리만 했다. 키미아는 하산에게 대적할 패가 필요해서 카심을 키웠고 남편 자리를 무기로 카심과 하산을 조종하며 위태로운 줄다리기를 해왔다.

한 명쯤 진정으로 속을 터놓고 의논할 사람이 있으면

171

좋겠다고, 내가, 그런 걸 바란 적이 있었나? 바랐다가 희
망이 보이지 않아 포기했던가, 애초에 바랄 건더기조차
없었던가?

공존이라……

"어디서?"

"위험합니다. 모르지아나인지 누군지 한때는 시완의
왕족이었을지 몰라도 지금은 일개 비적입니다. 필시 함정
일 겁니다. 공주를 포로로 잡아서……!"

"모르지아나 공주는 절대……!"

"그대가 날 호위한다."

키미아는 이 말로 오마르에게 다만 따르라는 뜻을, 알
리바바에게는 그만 설득하라는 뜻을 전했다.

➤

키미아의 시녀가 마무드의 감시병에게 다과를 건넸
다. 수면제가 든 다과를 먹고 마신 감시병들이 곯아떨어
지자 마무드가 몰래 별채를 빠져나왔다. 코지아의 부관이
그의 뒤를 밟았다.

하누아의 외곽에는 상인들이 주로 찾는 작은 여관이
있었다. 커다란 항아리 네 개에 기름을 담아 온 기름 장수
가 여관으로 들어갔다. 여관 주인은 여느 손님들을 대하
듯 그에게 방을 내주었다. 잠시 후 누군가 그의 방문을 두

번 두드리고 끊었다가 한 번 더 두드렸다. 약속된 신호를 듣고 기름 장수가 방을 나왔다.

　문을 두드린 이는 알리바바였고, 기름 장수로 변장한 이는 모르지아나였다. 모르지아나는 알리바바를 따라 키미아의 방으로 갔다.

　키미아, 바탄의 공주······.

　모르지아나는 자라면서 왜 시완 사람들이 분지에 숨어 살아야 하는지 알게 되었다. 하누아에 갈 때마다 박탈감과 적개심에 피가 끓었다. 그녀의 백성들이 살던 곳, 살아야 할 곳이었다. 그런데 하누아 사람들은 그들의 땅을 빼앗은 칼리프의 딸, 키미아를 사랑했다. 키미아 공주 덕에 잘 산다고 입을 모아 칭송했다. 모르지아나는 돌연 자신은 어쩌면 시완을 지운 칼리프보다 키미아를 더 증오해 왔는지도 모른다는 생각이 들었다.

　키미아, 어떤 사람일까?

　그녀는 기묘한 기분 속에서 좁고 어두운 복도를 걸었다.

　알리바바는 키미아의 방문 앞에서 약속된 신호로 노크를 한 뒤 문을 열었다. 모르지아나의 호흡이 일순 멈췄다. 유독 커다란 보름달이 뜬 밤하늘처럼 신비로운 검은 머리의 여인이 탁자 앞에 앉아 있었다. 어느 장인이 공들여 만든 인형 같은 미인이라고는 들었지만 이 정도일 줄은 몰랐다. 사람이 아니라 잠시 인간 세상을 보러 온 밤의 여신 같았다.

　마술사의 묘기처럼 키미아의 머리와 상체가 위로 올

라왔다. 흠칫 놀랐던 모르지아나는 키미아가 의자에서 일어선 것임을 인식했다. '인형 같은 이'라는 평판을 듣는 이유가 하나 더 있었던 것이다. 이토록 아름답지 않았다면 유령 같다는 소리를 들었을지도 몰랐다.

모르지아나가 키미아의 맞은편 의자를 당겨 앉았다. 키미아는 모르지아나의 손을 주목했다. 오른손에는 소지와 약지가 금속인 특수 장갑을 끼고 있었고, 장갑을 끼지 않은 왼손에는 막일꾼처럼 굳은살이 박여 있었다. 글라이더를 탄다고 했다. 겉보기에도 용수철 같은 탄력이 느껴지는 몸이었다.

두 공주가 착석하자 알리바바는 조용히 문을 닫고 방에서 나왔다. 긴 장마에 날뛰는 강물을 바라보는 것처럼 정신이 아득하고 두려움이 몰아쳤다. 작은 여관에서 열리는 이 회담에 두 나라의 앞날이 달려 있었다.

키미아는 가벼운 묵례 후 한마디도 하지 않고 다만 모르지아나를 응시했다. 협상은 먼저 제안하는 쪽이 불리했다.

"침략자는 그대들이었습니다."

모르지아나가 포문을 열었다. 침략했던 쪽이 먼저 제안해야 한다는 뜻이었다.

"마치 시완은 한 번도 타국을 침략한 적 없다는 소리로 들리는군요. 피의 역사가 없는 나라가 있나요?"

"그래서 우리는 역사 속에서 교훈을 얻어야 하죠."

두 공주가 팽팽히 맞섰다.

침묵 속에서 모르지아나와 키미아는 한 단계 더 깊게 서로를 탐색했다. 모르지아나는 평민의 복장이 자기 옷처럼 잘 어울렸다. 키미아는 변장을 위해 허름한 옷을 입었는데도 허리를 세우고 턱을 치켜든 자세에서 범접할 수 없는 왕족의 위엄이 풍겼다.

저게 저 사람의 무기구나…….

키미아와 그녀의 인상은 완전히 다른데도 모르지아나는 거울을 보는 듯한 착각이 일었다.

모르지아나는 조금도 지치지 않았다는 웃음으로, 키미아는 누구도 자기를 쓰러뜨리지 못한다는 꼿꼿함으로 자신과 백성들을 지켜왔다.

키미아도 모르지아나와 같은 걸 느꼈다. 아이러니하게도 그녀의 나라가 무너뜨린 적국의 공주가 군주의 자리가 주는 절대적인 고독을 이해할 수 있는 유일한 사람이었다. 두 사람 사이로 미약하나마 동질감이 흘렀다. 두 공주 다 전쟁을 직접 겪지는 않았다. 하지만 둘 다 전쟁이 야기한 고통을 짊어지고 살아왔다.

그러나 서로를 이해한다고 해서 합의점을 찾을 수 있는 건 아니었다. 서로에게 굽힐 수 없는 입장이 있다는 걸 알기에 더 어려웠다.

키미아는 모르지아나가 하누아를 원하리라 어림했다. 투락산 분지에서 나와 당장 살 수 있는 도시였고, 16년 전까지만 해도 시완의 땅이었다. 사실 하누아는 바탄의 끝에 있는 도시라 수도로 적합하지 않았다. 그렇다고 선뜻 하누아를 내줄 수도 없었다. 천도를 한 지 얼마 되지 않아 또다시 천도하는 건 백성에게 고통을 안기고 나라를 혼란스럽게 하는 행위였다. 모르지아나가 이런 상황을 이해해 줄까? 자신의 백성들은 척박한 분지에서 고단하게 살아가고 있는 중에?

"다이아몬드 광산을 찾았는지 묻고 싶습니다."

키미아가 협상의 물꼬를 틀 방안이 있길 바라며 물었다.

모르지아나가 품에서 비단 보자기를 꺼내 탁자에 내려놓았다. 보자기를 풀자 주먹만 한 다이아몬드 원석이 나왔다. 키미아가 입술을 짓씹었다. 한 나라는 멸망시키고 다른 나라는 도탄에 빠트린 물건이었다. 그녀는 느리게 평정을 되찾았다. 전쟁이 저 돌의 잘못인가?

모르지아나 또한 새삼스레 자신이 가져온 다이아몬드 원석을 바라보았다. 탁하게 빛나는 커다란 돌덩어리는 오래전에는 전쟁을 불러왔고 이제는 평화를 부를 매개체가 되려 하고 있었다.

"시완의 다이아몬드는 바탄을 통해서만 거래해야 합니다."

키미아가 말문을 열었다.

모르지아나는 가만히 볼 안쪽 살을 씹었다. 아무 소음 없이 다이아몬드를 채굴할 수는 없었다. 키미아는 힘으로 광산을 뺏을 수 있었다.

그래서 그러지 않겠다는 데 기대어, 시완의 백성들이 다만 광부로 쓰여야 하는가?

"하산을 혼자 상대하기는 버거우실 텐데요."

모르지아나가 받아쳤다.

키미아도 머리를 굴렸다. 하산의 사병이 투락산에 깔려 있었다. 하산이 다이아몬드 광산을 찾으면, 꼼짝없이 두반과 결혼해야 했다. 바탄을 하산에게 바치는 것이나 마찬가지였다.

"우르크는 몇 년 안에 후계자가 정해질 겁니다."

키미아는 우회로를 택했다. 우르크의 침략을 저지하려면 두 나라가 협력해야 했다.

알면서도 모르지아나는 선뜻 입을 열지 못했다. 큰소리가 눈사태로 이어질 수 있는 설산에 서 있는 것처럼 말에 담긴 위태로운 무게가 그녀를 짓눌렀다.

피차 마찬가지야.

그녀는 의연하고자, 적어도 상대에게는 의연해 보이고자 혼신의 힘을 다했다.

"독점 기간을 정해야 합니다."

모르지아나는 자기의 말이 물러서는 것처럼 보이지 않길 빌었다.

"동의합니다."

키미아의 즉답이 공기의 밀도를 낮추었다.

코지아의 부관이 여관의 뒷담을 넘었다. 뒤뜰에는 항아리 네 개가 놓여 있었다.

"공주, 이야기는 잘되었습니까?"

그때 항아리 안에서 목소리가 들려왔다. 코지아의 부관은 놀랐으나 기지를 발휘해 대답했다.

"아직 이야기 중이니 기다리도록."

"옛!"

"함부로 목소리 내지 마. 누군 줄 알고?"

먼저 질문한 사람에 이어 타박하는 목소리가 다른 항아리에서 들렸다.

"난 공주의 사람이다. 너희가 잘 있는지 보러 왔을 뿐이야. 이야기를 마치고 다시 오지."

코지아의 부관은 서둘러 담을 넘어 나가려 했다. 정확히 무슨 일이 일어나고 있는지는 모르지만 급히 코지아에게 알려야 했다. 그가 담장 위에 손을 올렸을 때 누군가 그의 옆구리를 칼로 베었다. 부관이 주먹을 휘두르자 그를 공격한 자가 맥없이 나뒹굴었다. 마무드 왕자였다.

부관은 칼을 뽑아 마무드에게 다가갔다. 그 서슬만으로도 칼을 놓친 마무드가 엉덩이를 밀며 도망쳤다.

"너 같은 게 왕자로 태어나다니……!"

위에서 아래로 휘두른 부관의 칼이 예기치 못한 다른 칼에 막혔다. 텁석부리였다. 칼날이 부딪치는 소리에 다른 비적 세 명도 항아리에서 나왔다. 그들이 나설 필요도 없이 텁석부리 혼자서 코지아의 부관을 제압했다.

키미아는 뒤뜰까지 모르지아나를 배웅했다. 뒤뜰에 코지아의 부관이 단단히 묶여 있었다.

"무슨 일이지? 저자는 누구야?"

모르지아나가 물었다.

"코지아의 부관이군요!"

오마르가 대답했다. 그는 호위병들에게 주변을 수색해 따라온 자가 더 없는지 살피라 명했다.

키미아와 모르지아나가 눈을 마주쳤다. 신뢰라는 불안정한 두 음절의 단어에 두 나라의 앞날이 걸려 있었다. 키미아가 먼저 손을 내밀었다.

"내 아버지가 벌인 일과 그대와 그대의 백성들이 겪은 모든 고초에 대해서 사죄합니다."

모르지아나는 키미아의 손을 마주 잡았다.

"양국에 평화를."

"평화를."

두 공주는 굳게 손을 잡았다가 놓았다.

"가자!"

모르지아나는 비적들을 데리고 여관을 나섰다. 알리바바는 키미아에게 인사했다.

"그대도 가는 건가?"

키미아가 물었다.

"예?"

알리바바가 어리둥절한 얼굴을 했다. 키미아는 눈을 돌렸다. 알리바바는 모르지아나를 따라 사라졌다.

키미아는 그들이 사라진 자리에 시선을 고정한 채 그대로 서 있었다. 모르지아나는 나라를 잃었으나 다이아몬드로도 살 수 없는 걸 가지고 있었다. 그녀를 진심으로 믿고 따르고 위하는 사람들, 자신은 한 번도 가져본 적 없는 것들이었다.

"키미아, 괜찮습니까? 다친 데는 없습니까?"

마무드가 비틀거리며 키미아의 앞에 섰다. 키미아는 물끄러미 마무드를 바라보았다. 안색이 잿빛인 게, 묶여 있는 코지아의 부관보다 마무드가 더 부상자 같았다.

"제가 해야 할 질문 같습니다."

"전 아무렇지도 않습니다."

키미아가 무사한 걸 확인한 마무드의 낯빛이 확연히 좋아졌다. 키미아의 입가에 산들바람 같은 미소가 스쳤다.

➤

코지아는 하산으로 가장한 하산의 부하를 공격했으며 하산은 작전대로 코지아의 부대를 포위했다. 하지만 코지아 또한 전장을 겪어온 이였다. 그는 쉽게 밀리지 않으며 반격을 가했다.

두반은 부대장들에게 하산을 도울 것을 지시했으나 그들은 도리어 두반을 체포했다. 키미아가 사전에 지시한 바였다.

상황이 여의치 않음을 안 하산은 비행정으로 빠져나가려 했다. 여기까지 온 이상 물러설 곳은 없었다. 영지로 돌아가 힘을 보충해 제대로 맞서야 했다.

키미아가 어릴 때 제거했어야 했는데.

하산은 이를 갈았다. 두반과 결혼시키면 되리라 생각하고 안주한 그의 패착이었다.

하산의 비행정, 그의 부하들이 탄 글라이더가 투락산 상공에 막 진입했을 때였다.

"저, 저게 뭐야?"

하산이 경악성을 토했다.

폭포 뒤에서 분홍색 글라이더가 끝없이 쏟아졌다. 하산의 사병들은 막힌 절벽에서 글라이더들이 몰려나오는 모습에 제대로 대응하지 못하고 우왕좌왕했다.

"도망치게 두지 않는다."

배불뚝이를 비롯해 비적들은 그간의 한을 풀듯 하산을 공격했다. 모르지아나가 선두에서 그들을 지휘했다.

키미아 또한 비행정에 올라 직접 출전했다. 그녀는 하산의 사병들에게 항복한다면 죄를 묻지 않을 것을 약속했다. 더해서 하산을 생포하는 자에게는 큰 상을 약속했다. 앞뒤에서 공격받은 하산의 사병들은 전의를 상실했다. 비행정에 있던 사병들은 하산을 잡은 뒤 백기를 올렸다.

키미아는 약속을 지켜 사병들의 목숨을 살려주었고, 하산을 잡아 바친 자에게는 금화가 든 주머니를 하사했으나 그를 진급시키지는 않았다. 한번 배신한 자는 언제든 배신하기 마련이었다.

하산과 두반은 반란죄로 감옥에 갇혔으며 곧 사형이 결정되었다.

우르크에서는 타국에서 멋대로 병사를 움직인 코지아를 처형해도 좋다고 말했다. 동시에 사죄의 의미로 풍성한 결혼 예물을 약조하며 국혼을 제안했다. 키미아는 예물의 양을 올려서 받아들였다.

카심은 단독으로 무모하게 행동한 죄로 근신형을 받았다. 이후 키미아는 그를 따로 부르지 않았다. 카심은 버티다가 키미아가 마무드와 결혼을 발표하자 성난 멧돼지처럼 성으로 달려가 그녀를 찾았다. 키미아는 특유의 표정 없는 얼굴로 그를 맞이했다.

"결국 공주는 왕자와 결혼하는 겁니까?"

카심이 비아냥거렸다.

"비적단을 잡지 못한 건 그대야."

"단 한 순간도 나를 사랑한 적 없습니까?"

키미아는 마치 하늘을 나는 코끼리라도 보는 것처럼 그를 응시했다.

"어지간히 급하고 아쉬운 모양이군. 누가 들으면 그대는 나를 사랑한 줄 알겠어."

카심은 으스러질 듯이 주먹을 쥐었다. 군대에 들어가 성공을 꿈꾸었을 때만 해도 공주와 결혼하는 것까지는 상상하지 못했다. 키미아가 자기를 발탁하며 모든 것 위에 설 날이 목전에 있었는데 철 지난 꽃처럼 소리 없이 사라졌다. 그는 돌아섰다. 이 치욕을 짊어진 채 바탄에서 살수는 없었다. 당장은 서로의 사정으로 인해 결혼 동맹을 맺었으나, 왕국 간의 동맹이란 하루살이의 삶처럼 허망한

법이었다. 우르크의 왕자들은 바턴의 대장군이었던 그를 중용할 것이다.

"재상 자리가 비었어."

그의 등 뒤에서 키미아가 사실을 전달하는 투로 말했다. 카심은 돌아보지 않고 집무실을 나갔다.

마무드가 집무실로 오고 있었다. 카심은 도발적인 걸음으로 그에게 다가갔다.

"용케 선택받았으나 안심하지 마십시오. 왕자는 국정을 맡기에는 터무니없이 허약하니까요. 이러든 저러든 허수아비처럼 살게 될 뿐입니다."

"나는 일국의 왕자고 그대는 근신 중이라 아무 직위가 없음을 잊지 말았으면 좋겠군. 참고로 우르크에 대해 헛된 망상은 하지 않는 게 좋을 거야. 전공이 있던 코지아조차 밀려났지. 하층민 출신을 능력만으로 우대하는 왕족은 흔치 않아."

카심이 입술을 일그러뜨리며 웃었다. 잡아당기면 뿌리째 뽑힐 코스모스처럼 연약하던 마무드가 그의 말을 받아쳤다.

"그간 말주변이 느셨습니다?"

마무드는 단단한 자세로 그를 바라보았다. 카심은 왕자에 대한 예의로 인사를 하고 길을 비켰다.

투락산 너머에 새 도시가 일어나고 있었다.

모르지아나와 알리바바는 천 글라이더를 타고 도시를 둘러보았다. 그녀는 도시의 형태가 제대로 구현되고 있는지 확인했다. 공사 현장을 바라보던 모르지아나의 눈길이 가만히 옆으로 옮겨갔다. 알리바바도 고개를 돌렸다. 모르지아나가 글라이더에서 오른손을 떼 보이며 활짝 웃었다. 알리바바가 그녀를 위해 제작한 글라이더였다. 왼쪽에 무게중심을 실었고, 손잡이도 그녀의 손에 맞추어서 오른쪽 어깨와 팔에 무리가 가지 않았다. 알리바바가 만들어준 새 장갑도 기존 것보다 편하게 글라이더를 쥘 수 있었다.

1시간 남짓 도시를 돌아본 모르지아나와 알리바바는 공방 부근 활주로에 착륙했다.

"백조도 거의 완성되었어요. 다 되면 연락드릴 테니 시험 비행하러 오세요."

"응!"

비행의 여파로 달아올랐던 모르지아나의 얼굴에 홍조가 덧대어졌다.

잠보는 모르지아나와 알리바바가 착륙하는 모습을 보고서도 선뜻 다가가지 못했다. 한때 적국이었던 나라의 공주와 스스럼없이 이야기를 나누는 알리바바와, 시완을 멸망시킨 바탄 사람이자 평민인 알리바바를 친근하게 대하는 공주 중 누가 더 이상한지 가늠이 되지 않았다. 모르지아나가 활주로를 떠나고 난 뒤에도 잠보는 제자리에 붙박여 서 있었다.

"잠보!"

잠보를 발견한 알리바바가 반가이 달려왔다.

두 사람은 나란히 활주로를 걸었다.

"시완으로 올래? 여긴 일할 사람이 많이 필요해."

"나는…… 모르겠어."

잠보가 걸음을 멈추고 경직된 얼굴로 입을 열었다.

"어떻게 바바 무스타파와 같이 일할 생각을 해? 널 죽이려 든 사람이잖아!"

"그건……."

알리바바의 기억이 분지에서 무스타파를 만났던 날로 갔다. 그날 두 사람이 나눈 대화는 그 자리에 있던 모든 사람이 들었다. 하지만 대화의 맥락과 음절 사이의 미세한 끊어짐은 오로지 두 사람만이 이해할 수 있었다.

"용케 빠져나왔구나."

무스타파의 목소리는 꼭 안도하는 듯 들렸다.

"저에게 왜 그랬어요? 그냥 솔직하게 말해줄 수는 없었나요?"

"나는 해야 할 일을 한 거다."

조금 전 들은 온기가 느껴지던 말이 모두 착각인 것처럼 무스타파의 표정과 목소리가 건조해졌다.

"저를 손자처럼 아끼시는 줄 알았어요."

"난 손자가 없다."

그날 무스타파는 어떠한 변명이나 해명도 하지 않는 방식으로 죄책감을 가리고 있었다.

"에, 그러게……."

알리바바가 뒷머리를 긁었다.

"친형하고는 절연하고 무스타파는 용서한다고?"

잠보가 머리를 설레설레 저었다.

"형도 날 보고 싶어 하지 않아."

알리바바가 시완의 다이아몬드 광산을 찾고, 두 나라를 화해시키는 데 일조한 사실을 안 카심은 노골적으로 알리바바를 적대했다. 알리바바 또한 더는 부모가 같다는 이유로 카심을 이해하기 위해 노력하기 싫었다.

무스타파는 그에게 보상하고 싶어 했다. 전처럼, 아니, 전보다 더 그를 사랑했다. 알리바바도 무스타파를 사랑하고 존경했던 시간으로 돌아가길 바랐다.

"속도 좋다."

잠보가 타박했다. 알리바바는 그저 헤실헤실 웃어 보였다.

➤

도시는 하루가 다르게 자라났다. 알리바바와 무스타파의 공방도 형체를 갖추어갔다. 공방에서는 전쟁용이 아닌 아이들을 위한 글라이더를 만들었다. 알리바바는 처음으로 하늘을 날았을 때의 짜릿함을 기억했다. 아이들이 하늘에서 즐거움만을 만끽하길 바랐다.

"무스타파, 있습니까?"

파하드가 공방으로 찾아왔다. 알리바바는 굳은 얼굴로 그에게 다가갔다.

"파하드……."

몇 번 입술만 달싹이던 알리바바가 어렵게 목소리를 내었다.

"죄송해요. 제 아버지가 파하드의 부모님을……."

알리바바는 말을 잇지 못하고 고개를 떨구었다.

"그랬을지도 모르지. 아닐지도 모르고."

"예?"

"혼란스러운 전쟁이었어. 네 아버지를 죽인 시완의 병사가 누구인지, 내 부모를 죽인 바탄의 병사가 누구인지 누가 알겠어."

파하드는 모르지아나의 지시로 하산을 속였을 뿐이었다. 하산이 속은 건 바탄에 대한 파하드의 증오가 진심이었기 때문이었다.

파하드의 시선이 무스타파에게 향했다.

"공주께서 왕성 글라이더 정비 대장직을 한 번만 더 고려해 달라 하셨습니다."

"난 늙었어. 아이들용으로 작고 예쁜 것들이나 만들며 조용히 여생을 보내고 싶네."

"그래도 공주는 뵈러 가시지요. 공주가 보고 싶어 합

니다. 아시다시피 공주는 요즘 왕성을 나올 시간을 내기
어렵습니다."

"이 늙은이를 뭐 하러……."

무스타파가 개구지게 웃었다.

"내일도 참석하지 않으실 건가요?"

무스타파는 미소로 대답을 대신했다.

"너라도 오라신다."

파하드가 알리바바에게 말했다.

"네."

다음 날, 알리바바는 왕성으로 갔다. 공사가 끝나지
않은 곳은 덮개로 가려져 있었다. 알리바바는 단단한 석
벽을 쓰다듬었다. 모르지아나는 방어에 적합한 강인한 왕
성을 짓고자 했다.

알리바바는 시종의 안내를 받아 모르지아나의 방으로
갔다.

"알리바바, 왔구나!"

모르지아나가 활짝 웃으며 어서 오라고 손짓했다.

"알리바바, 공주의 부르심을 받고 왔습니다."

알리바바가 다소 딱딱한 말투로 대답했다. 시완의 공
주임을 만천하에 드러낸 뒤에도 간소한 복장을 고집하던
모르지아나가 오늘은 화사한 예복을 입고 있었다. 머리도
곱게 올려 묶어 긴 목이 드러났고 둥근 귀걸이가 도톰한
귓불에서 달랑거렸다. 알리바바의 심장이 바람에 휩쓸린

글라이더처럼 요동쳤다.

"아이들에게 글라이더 조종술을 가르친다면서?"

"아, 네. 잘들 따라오고 있어요."

"표정이 왜 그래? 나 이상해? 아니면 뭐 묻었어?"

"아, 아뇨, 그, 어, 얼굴에 있는 참깨 모양 주근깨가……."

당황한 알리바바가 허둥지둥 말을 쏟았다.

"참깨? 다른 사람들은 다 물방울 모양이라고 해!"

모르지아나가 마음 상한 얼굴을 했다.

"그, 그게, 참깨가 중요한 게 아니고, 그러니까, 예쁘셔서……."

"오늘은 이렇게 입으라고 하더라고."

얼굴이 달아오른 모르지아나가 다급히 치맛자락을 살폈다.

"그럼요. 즉위식이잖아요."

"즉위식 준비가 보통 일이 아닌 거 있지? 몸이 열 개라도 모자라서 널 보러 갈 틈이 없어서, 잠깐이라도 보고 싶어서……!"

모르지아나가 숨을 들이켜며 손으로 입을 가렸다. 두 사람은 서로를 똑바로 쳐다보지 못하고 괜스레 허둥댔다.

"내가…… 잘할 수 있을까?"

모르지아나가 일순 두려운 마음을 내비쳤다.

마무드와 키미아의 결혼으로 우르크와 바탄 사이의 긴장이 가셨다. 바탄과 시완은 협력하기로 했다. 하나 모르지아나는 지금의 약속에만 기대서는 안 된다는 걸 알고

있었다. 언젠가 약속한 당사자들은 흙으로 돌아간다. 그
뒤에도 약속이 지켜지고 다시 나라를 잃지 않기 위해서는
굳건한 힘을 키워야 했다.

"그럼요. 공주는 누구보다 잘하실 거예요."

제가 늘 곁에 있어드릴게요.

알리바바는 뒷말을 하지 못했으나 모르지아나는 꼭
그 말을 들은 것 같은 표정을 지었다. 두 사람의 따뜻한
시선이 서로를 향했다.

키미아는 마무드와 함께 즉위식에 참석했다. 바탄의
문장을 본 백성들의 기세가 사나워졌다. 키미아가 시완의
재건축을 도운 일은 그들의 분노를 가라앉히는 데 도움이
되지 않았다. 애초에 바탄이 부순 나라였다.

사람들의 살벌한 태도에도 키미아는 의연하게 대처했
다. 시완의 백성들로서는 그녀가 무엇을 얼마나 하든 부
족하다 여기는 게 마땅했다.

그녀도 시완을 돕는 데 한계가 있었다. 시완이 다이아
몬드를 빌미로 과한 배상을 받아낸다고 불평하는 이들이
적지 않았다.

모르지아나와 키미아는 신뢰를 구축했으나 앞으로 풀
어야 할 숙제가 많았다. 개인의 감정을 넘어서서 자기 왕
국을 위해 줄다리기를 해야 했다.

시완이 재건된다는 소식에 숨어 있던 시완의 백성들
이 하나둘 돌아왔다. 대다수가 하누아에 살던 이들이었

다. 하누아의 백성들은 옆집에 살던 이가 시완의 잔재라는 사실에 충격을 받았다. 남아서 시완의 첩자 노릇을 하는 이들이 있다는 흉흉한 소문도 돌았다. 두 나라의 국경이 지나치게 가까운 것도 긴장감을 키우는 데 한몫했다. 이 또한 풀어야 할 과제 중 하나였다.

모르지아나가 성벽에 모습을 드러내자 백성들의 환호성이 지축을 울렸다.

"칼리프 만세!"

모르지아나가 손을 흔들며 화답했다. 이어서 즉위식이 시작되었다.

"모르지아나가 칼리프에 올랐어요."

마무드가 의미심장하게 말했다.

"그래요. 새 시대를 여는군요."

모르지아나가 스스로 보위에 오르는 광경을 보며 키미아는 막힌 동굴을 빠져나갈 출구를 찾은 기분이 들었다. 마무드가 그녀를 지지하듯 어깨에 부드럽게 손을 얹었다. 그 손길이 그가 코지아의 야심에 대해 그녀에게 모든 걸 털어놓으며 두 사람의 관계를 바꿔놓은 날을 떠올리게 했다.

키미아는 코지아의 속셈을 진즉부터 짐작하고 있었다. 그날 고백의 핵심은 그녀에게 자신의 모든 걸 걸겠다는 마무드의 의지였다. 그래서 그들은 꽃은 졌으되 달빛은 찬란했던 그날 밤, 숨어 있던 코지아 앞에서 작은 연극을 벌였다. 약속된 연극이었으나 그 순간 마무드의 말은

진심이었으며, 그녀가 낯선 감정이 치솟는 걸 견디지 못
하고 달아난 것 또한 진짜였다.

키미아의 얼굴에 희미하나마 웃음이 떠올랐다. 그 여
린 웃음 하나에 마무드의 가슴에 커다란 파문이 일었다.
키미아가 웃는 일이 잦아지고 있었다.

알리바바는 즉위식을 한 순간도 놓치지 않고 지켜보
았다. 이어 그는 무릎을 꿇고 그녀에 대한 충성을 다짐했
다. 알리바바는 이제 시완을 자신의 나라라 여겼다. 침략
해서 뺏은 땅에서 사는 것보다 이쪽이 훨씬 마음이 편했
다.

즉위식을 마친 모르지아나가 백성들의 앞에 섰다.

"모르지아나 칼리프 만세!"

백성들이 일제히 만세를 외쳤다. 모르지아나가 신하
들과 백성들의 환호에 화답했다. 인파 속에서 알리바바와
그녀의 눈동자가 다시금 부딪쳤다.

알리바바는 그녀를 바라보며 누구보다도 목청껏 소리
쳤다.

"모르지아나 칼리프 만세!"

작가의 말

작가로서 가장 자주 듣는 질문 중 하나가 "이 이야기의 착상을 어디서 얻었느냐?"이다. 참으로 어려운 질문이다. 작가 자신도 그 이야기가 어디서 왔는지 모르기 때문이다. 오죽하면 예술가에게 영감을 주는 신에 대한 신화까지 나왔을까. 한 작품은 작가가 살면서 읽고 본 것들, 직접 또는 간접 경험, 의식과 무의식이 어우러지며 나온다. 같은 경험을 했어도 같은 주제를 던져도 작가마다 다른 글이 나오는 건, 재료가 곧 음식은 아닌 것과 같으리라.

가끔은 손가락이 쓴다는 생각이 들 때도 있다. 의도치 않은 이야기가 쓰이고, 그게 이야기를 빛나게 해줄 때 특히 그러하다.

그런데 기쁘게도 《알리바바와 수수께끼의 비적단》은 이 질문에 대한 답을 할 수 있을 것 같다. 최근 고전을 재해석해서 집필하는 기획이 많았다. 노래는 오래된 히트곡이 리메이크되는 일이 잦은데 소설은 그런 시도가 거의 없었다. 리메이크되는 노래를 볼 때면, 소설도 저런 시도가 있었으면 좋겠다는 생각을 했었다. 언젠가 내 글이 리메이크되는 상상을 하기도 했다.

고전을 재해석하는 몇몇 기획에 참여하며, 고전의 매력을 새삼 느꼈다. 고전에는 서사의 원형이, 찰흙 덩어리처럼 무엇이든 만들어낼 수 있는 무궁무진한 가능성이 있었다. 문득 《아라비안나이트》, 그중에서도 오래도록 기억에 남았던 《알리바바와 40인의 도적》을 리메이크해 보면 어떨까 하는 생각이 들어 착상 노트에 기록해 두었다.

이제는 써야겠다고 결심하고 인물을 구상한 작년 어느 날, 몇 년 전 김성희 작가님과 나눈 이야기가 떠올랐다. 담소를 나누다 김성희 작가님이 무심코 한 말이 강렬한 인상으로 기억에 남았었다. 김성희 작가님에게 해당 문장을 써도 좋은지 물었고, 허락을 구해 본문에 쓸 수 있게 되었다. 김성희 작가님에게 이 자리를 통해 감사의 말을 전한다. 그 문장이 무엇인지는 비밀로 남는 점에 대해서 독자 여러분에게 양해를 구한다.

1교가 마무리될 무렵에서야 언젠가 들은 '부수적 피해'라는 말도 이 글을 쓰는 데 영향을 미쳤다는 걸 알았다. '부수적 피해'는 1961년 베트남전 당시 아군에 대한 오인 사격과 그로 인한 사망, 민간인 사망에 대해 면피하려고 만들어진 말이다. '민간인 사망자'는 명백히 잘못된 일로 읽힌다. '부수적 피해자'는 책임을 회피하는 말이다.

기가 차고 소름이 끼쳤다. 저 말을 만든 사람이 그 표현력을 다른 데에 썼다면 정말 좋았겠다고 생각했다.

사람의 기억력은 완벽하지 않아서 '부차적 피해자'라고 기억하고 있었다. 뒤늦게 단어를 확인한 뒤 잠깐 고민했지만, '부수적 피해'와는 다른 의미로 쓰였기에 '부차적 피해자'라는 단어를 그대로 쓰기로 했다.

글라이더 공중전을 쓰고 싶었다. 이 부분은 미야자키 하야오에게 빚을 졌다. 한때 미야자키 하야오의 애니메이션에 열광했었다. 그리고 그 밖에도 자라며 보고 읽어온 많은 작품들에게도 역시 영향을 받았을 것이다.

태어난 자체가 업이라고 생각한 적이 있다. 사실 지금도 그렇게 생각한다.

힘겨운 상황에 굴하지 않고 맞서는 인물, 책임감을 갖고 삶을 견뎌내는 인물, 그 인물들이 감당해야 하는 무게를 덜어주는 보조 인물들을 넣고자 했다.

계약하고 쓴 글이 아니었다. 착상이 이끄는 대로 쓴 뒤 그린북 에이전시에 위탁했다. 이 글을 위해 물심양면 애를 써주신 그린북 에이전시의 김시형 실장님, 임채원 매니저님, 박누리 매니저님에게 감사한다. 글의 시작은 작가 혼자이나 마무리는 여러 사람의 노고에 힘입는다. 많은 노력을 기울여 주신 인다 출판사에도 감사 말씀드린다.

박애진

알리바바와 수수께끼의 비적단

발행일 2023년 6월 19일 초판 1쇄

지은이 박애진
기획 그린북 에이전시·읻다
편집 김준섭·이해임·최은지·김보미
디자인 형태와내용사이
제작 영신사

펴낸곳 읻다
펴낸이 김현우
등록 제2017-000046호. 2015년 3월 11일
주소 (04035) 서울시 마포구 양화로 11길 64, 401호
전화 02-6494-2001
팩스 0303-3442-0305
홈페이지 itta.co.kr
이메일 itta@itta.co.kr

ISBN 979-11-89433-87-1 04810
ISBN 979-11-89433-84-0 (세트)